열일곱,
내가 할 수
있는 것은

KB078980

열일곱,
내가 할 수 있는 것은

모두가 행복했던 나눔의 여행, 그 17년의 기록과 기적

오중빈 지음

언니
공동체

*

내가 이 글을 쓰기 위해 노트북을 열었을 때,

엄마는 이미 테이블 건너편에 앉아 글을 쓰고 계셨다.

열한 번째 책을 집필 중이시던 엄마는 작가로서 내게 조언을 건네셨다.

"글을 쓴다는 건 사막에 서 있는 것과 같아.

너는 너만의 길을 찾아야 해.

그러니 어떤 방향으로든 달려.

만약 네가 방향을 잘못 잡았다고 느끼면

달려온 거리를 아깝게 생각하지 마.

그냥 뒤돌아서서 처음부터 다시 달려."

나는 작문 시간에 에세이를 쓸 때 준비를 잘 해가는 법이 없다.

그저 텅 빈 종이를 뚫어져라 쳐다보고 미친놈처럼 달리기 시작한다.

어쩌면 이 글은, 미리 정해진 방향도 없이

아이러니하게도 내가 사막에서 길을 찾아낸 첫 번째 글이 될 것이다.

주제를 정해놓고 쓰라고 시키는 작문 시간과 달리,

나는 내가 가장 잘 아는 것에 대해 쓸 수 있을 테니.

바로 나 자신에 대해.

차례

PART 1

─────────

시작

/
생애 첫 여행지 터키.
이브라힘이 건넨 우유병을 들고서.

고작 세 살,
생애 첫 배낭여행을 떠나다

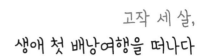

2001년 3월 24일, 나는 대한민국 서울의 한 병원에서 태어났다. 부모님은 한국이 아닌 다른 곳에서 살아보신 적이 없다. 나도 마찬가지이다. 적어도 태어난 뒤부터 지금까지 만 16년 동안은. 엄마는 앞서 언급했듯 작가이다. 다른 나라를 여행한 자신의 이야기를 글로 쓴다. 나는 2004년 만 세 살 때부터 그녀와 함께 다녔다. 나를 데리고 다니면서부터 작가로서 그녀의 커리어도 시작되었다. 말하자면, 나는 그녀가 작가로서 했던 일들의 역사이다. 적어도 그 역사 속의 꽤 비중 있는 인물이거나.

우리의 첫 여행지는 터키였다. 터키는 아주 멋진 나라였다. 오스만 투르크족이 세상을 지배한 이래, 인류의 가장 위대한 문화 중 일부가 그들의 문화를 바탕으로 생겨났다. 현재 터키에서 가장 매력적인 장소는 톱카프 궁전이나 블루 모스크로 알려져 있다.
터키를 여행할 당시, 나는 그런 곳들을 무시했다. 당시 나는 겨우 세 살이었고, 코끼리와 공룡의 차이점은 구분해낼 수 있었지만 한국에서 봤던 아파트와 블루 모스크 사이의 다른 점을 구분해낼 수는 없었다. 마찬가지로 나는 평범한 접시든 아니면 2천 년 전 술탄이 애용하던 접시든 시간이 조금만 흐르면 터키에서 본 것을 모조리 잊곤 했다.

그럼에도 불구하고 경험을 쌓을 수는 있었다. 바로 사람들로부터. 그때는 몰랐지만 지금에 와서 생각해보니, 내가 했던 모든 여행들이 내 인생에 어떤 영향을 미쳤는지 알 수 있다. 터키에서 나는 어렸지만, 어렸기에 더욱, 오늘날 바쁘게 사는 한국인들이 잊어버린 가치를 존중하며 사는 사람들, 즉 사랑과 친절을 존중하는 사람들을 본능적으로 알아채고 따랐던 것 같다. 자연스럽게 우리의 여정은 터키의 유명한 관광지 대신 잘 알려지지 않은 곳으로 이동했다. 인구는 적지만, 사랑과 친절함을 추구하는 순박한 사람들은 더 많은 곳으로.

우리가 작은 시골 마을을 걸어 다니면 사람들이 우리를 쳐다보았다. 그들의 눈에 우리는 외계인이었다. 사람들은 특히 작고 귀여운 동양인인 나를 더 쳐다보았다. 호기심과 애정이 뒤섞인 채로 그들은 내게 다가왔고 나를 안아주었다. 또는 내가 비둘기나 고양이와 노는 것을 조용히 지켜보았다.

여행의 기본 원칙

　　　　　여행을 하면서 우리는 여행의 기본 원칙을 발전
시켜 나갔다. 되도록 많은 현지인을 만나기. 이 원칙을 통해 엄마
는 현지의 삶 속에 뛰어들었고, 나는 현지의 놀이 속에 뛰어들었
다. 다행히도 이것은 가장 저렴한 여행 방식과도 일치했다. 첫째,
우리는 가장 저렴한 숙소에 묵었다. 돈을 받는 벨보이나 메이드 대
신 집주인이 우리의 방을 청소하고 지역에 대한 정보를 알려주는
곳이었다.

　둘째, 도심의 관광 지구에서 값비싼 스테이크를 먹는 대신 길거
리 음식을 먹었다. 그렇게 하면 정말 아무 거리낌 없는 상태에서
사람들을 만나는 것이 가능했기 때문이다. 만약 우리가 값나가는
옷을 입은 채 유명 관광지를 돌아다녔다면, 그들은 우리를 정중하
지만 거리감 있게 대했을 것이다. 현지 식당(역시나 훨씬 저렴한)에
는 지역 주민들이 훨씬 많기 마련이었고, 그들은 겁을 내지 않고
우리에게 마음의 문을 활짝 열었다.

　셋째, 아마도 이것이 내가 유일하게 약간의 문제를 느꼈던 부분

여섯 살, 라오스.
뜨거움과 친밀함 사이에서.

/
일곱 살, 탄자니아.
사람들은 동양인인 내가 무조건 쿵후를 잘할 거라고 생각했다.
물론 나도 내가 잘하는 줄 알고 덤볐다.

일 텐데, 바로 가장 저렴한 교통수단이다. 예산의 이유도 있었겠지만, 저렴한 교통수단을 타고 다닌 가장 큰 이유는 역시 현지인들이 그곳에서 가장 저렴하고 대중적인 교통수단을 이용한다는 사실 때문이었다. 그 점이 우리에게 거부할 수 없는 매력이었다.

어린아이에게 이 모든 행위가 특별한 모험으로 다가오기는 했지만, 때때로 40도가 넘는 날 트럭 뒷칸에 앉은 채로 다섯 시간씩 라오스 북부를 향해 달리노라면 좌절스러운 비명을 억누르기 힘들었다. 그러고 나서 숙소에 도착하면, 한국의 내 방 절반 정도밖에 되지 않는 게스트하우스의 방이 나를 기다리고 있었다. 그러나 그런 것은 괜찮았다. 정말이다. 왜냐하면 거기서부터 우정이 싹트기 시작했기 때문이다. 예를 들면, 나와 게스트하우스 주인의 아이들 사이에서.

한두 마디 겨우 말이 통하거나 아예 언어적 창구가 전무하여 서로 알아듣는 말이 단 한 마디도 없을 때조차 또래들과 소통하는 데는 어려움이 없었다. 축구공과 노래, 표정, 눈빛 등 언어 말고도 많은 것들이 우리들 사이에 존재했기 때문이다.

나이를 먹을수록 내가 방문하는 나라의 수도 나란히 많아졌다. 어디를 가든 여행의 기본 원칙은 같았다. 마을이나 작은 도시를 배회하는 것. 함께 놀 친구를 찾는 것. 열나게 노는 것. 다음 마을로 계속 이동하는 것.

'이기적인 가방'을
버리다

　　　　　시리아의 '팔미라'라는 마을을 여행할 때의 일이
었다. 그곳에서 어떤 남자가 우리를 저녁 식사에 초대했다. 물론
엄마와 나는 기꺼이 그 초대에 응했다. 우리의 여행은 언제나 그런
식이었다. 우리는 살아가는 이야기를 나눴고, 다른 여행지에서 만
났던 수많은 다른 사람들과 마찬가지로 그와도 금방 가까워졌다.

　어쩔 수 없이 시간은 흘러 그와 작별 인사를 해야 할 순간이 왔
다. 우리가 떠날 준비를 하는데 그가 내 손에 사진 한 장을 쥐어주
었다. 그것은 그의 외아들이 첫 번째 생일을 맞은 날 찍은 사진이
었다. 기술이 많이 뒤처진 곳이었기에 그에게는 그 사진의 복사본
이 없다고 했다. 오직 한 장뿐인 돌 사진이었다.

　그런데 그가 그것을 우리에게 주려하고 있었다. 도저히 불가능
한 선물이었다. 엄마는 거절했다. 안 그럴 수가 있었겠는가? 그 사
진은 남에게 선물로 줘버릴 수 없는 것이었다. 엄마가 선물을 여러
번 거절하자 그는 점점 화를 냈다. 엄마가 이렇게 당신에게 소중한
것을 어떻게 선물로 가져갈 수 있겠느냐고 묻자, 그는 이해할 수

없다는 표정을 지었다.

"그러니까 내가 당신에게 주려는 거죠. 당신은 내 친구니까요. 나는 내게 가장 소중한 것을 친구에게 줄 수 있어 행복합니다."

　엄마는 그날 깨달은 것에 대해 두고두고 말씀하셨다. 아름다운 나눔이 얼마나 중요한지에 대해. 그리고 우리가 얼마나 그런 일에 무지한가에 대해서도. 숙소로 돌아와, 엄마는 가방 안에 든 것 중 그에게 선물할 것을 살펴보셨다. 그에게 선물이 될 만한 그 어떤 것이라도 찾아내기 위해서. 그러나 엄마가 찾아낸 것은 몇 안 되는 가방 속 물건들이 모두 우리에게 꼭 필요하며 없어서는 안 되는 것들뿐이라는 사실이었다. 엄마는 그 가방에 '이기적인 가방'이라는 이름을 붙였다.
　우리의 다음 행선지는 미얀마였다. 우리는 이기적인 가방 대신 아주 큰 가방을 쌌다. 이 가방엔 이름이 없었지만, 그 안에는 풍선과 학용품 같은 선물이 엄청나게 담겨 있었다.

라오스의 시골에서는 가는 곳마다
내가 공을 한 번 차기만 하면 이렇게 되었다.

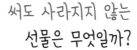

써도 사라지지 않는
선물은 무엇일까?

그러나 '이기적인 가방'의 깨달음이 있은 지 얼마 지나지 않아 우리의 배려가 또 부족했음을 깨닫는 순간이 오고야 말았다. 가방에 학용품과 풍선을 아무리 많이 담아간다 해도 (정확히 말하자면, 애초에 풍족하게 담을 수도 없었지만) 그것들은 삽시간에 사라졌다. 선물이 다 사라지면, 우리가 있는 곳에 늦게 도착한 아이들에게 불만이 생길 수밖에 없었다. 급기야 최악의 날에 우는 아이들이 생겼고, 그중 더 절박했던 아이들은 남은 것이 없는지를 확인하기 위해 엄마의 가방에까지 손을 넣기도 했다.

우리가 현지 아이들에게 직접 선물을 건네는 방식이 실패한 것은 분명해 보였다. 한편으로 그것은 우리가 선물을 어떻게 정의하는가에 따라 상황이 달라질 수 있다는 깨달음도 주었다. 지극히 한국적이고 물질주의적인 마음이 애초에 선물의 광범위한 의미를 좁은 의미로만 제한하고 있었는지도 모른다. 어쩌면 현실에서 '선물'이란 단어에 더 많은 의미가 담길 수 있음에도 불구하고 말이다.

선물 때문에 우는 아이가 생겼던 밤, 엄마가 숙소에서 지친 채로 절반은 엄마 자신에게, 절반은 나를 향해 이렇게 물었을 때, 그 사실은 더욱 분명해졌다.

"써서 없어지는 물건 말고 오래오래 남는 선물은 뭘까?"

나는 생각해보았다. 누군가가 나에게 선물을 줄 때, 나는 뭘 받으면 가장 행복할까? 고민 끝에 나는 자연스럽게 같이 어울려 노는 것보다 더 큰 선물은 없다고 생각했다. 게다가, 노는 것(또는 연주하는 것—'놀다'라는 뜻을 가진 영단어 'play'는 '악기를 연주하다'라는 또 다른 뜻도 있음)만으로 누군가에게 기쁨을 줄 수 있다는 걸 난 이미 알고 있었다. 바로 바이올린. 나는 엄마에게 대답했다

"음악!"

그렇게 인류가 진화했듯이 우리의 전략도 진화했다. 진화의 첫 단계는 '도구'였다. 나는 축구공과 바이올린으로 이루어진 작은 짐을 꾸렸다. 이 둘은 매우 핵심적인 도구였다. 특히 축구공은 매우 즉각적인 결과를 보장해주었다. 우선 아이들이 모여 있는 곳으로 공을 패스한다. 그러면 아이들이 내 쪽으로 도로 그 공을 찬다. 그리고 난 후 오 분만 지나면 자기소개 같은 것 없이도 우리는 작은 축구 경기를 하고 있기 마련이었다.

바이올린은 내가 여섯 살 때부터 배우기 시작한 악기인데, 2년 뒤, 그러니까 누군가에게 줄 수 있는 가장 큰 선물은 "음악!"이라고 대답한 뒤 떠난 동아프리카 여행에서부터 등장했다. 게스트하우스 앞마당에서든 야자수 아래에서든, 나는 어디에서나 바이올

여덟 살, 우간다.
한 달 만에, 이미 세 번째 축구공이었다.
하지만 저런 찌그러진 공도 아프리카에서는
아이들에게 귀한 대접을 받았다.

린을 연주했다. 낮에 나와 축구를 했던 아이들은 그들의 부모님과 함께 언제라도 연주에 초대되었다. 서너 곡을 연주하고 나서는 아이들에게 운지법을 가르쳐주고 이 낯선 악기를 실험하게 했다. 그러면 아이들은 어마어마한 호기심으로 깔깔거렸다. 그럴수록 그들과 나 사이의 친밀감은 더 두터워져서 축구 친구 중 한 명의 집으로 초대되어 저녁 식사를 같이 하는 일까지 생기곤 했다.

빠트릴 수 없는
두 가지 도구

        어느 나라를 가든 언제나 사람들을 만났다. 생전 처음 보는 사람일지라도 길에서 우연히 만나 이야기꽃을 피우게 되는 사람들 말이다. 사람들이 우리를 찾아내기도 했고, 우리가 사람들을 찾아다니기도 했다. 엄마는 이제 그러한 만남이 보다 공익적인 관계로 이어지길 바랐다.

  그 첫 번째 시도는 탄자니아의 루소토에 있는, 고아원과 기숙학교를 겸한 몬테소리 센터에서 이루어졌다. 몬테소리 센터의 교장 선생님께 허락을 받은 후, 나는 교실로 들어가 칠판 앞에 서서 아이들을 위해 짧은 공연을 펼쳤다. 그때 나는 일곱 살이었다. 어린 나이였음에도 불구하고 엄마가 센터의 문을 두드리고 내가 준비해 온 것을 설명하자 그곳 선생님께서 "환영합니다. 지금 당장 들어오세요"라며 그 자리에서 나를 맞아주셨다. 이 놀라운 환대는 우리가 이후에도 여행을 할 때마다 아이들이 있는 기관을 찾아다니며 문을 두드릴 수 있도록 용기를 북돋워주었다.

열 살 때, 나는 남미의 에콰도르를 여행했다. 에콰도르의 수도 오타발로에서, 독일 엔지오^{NGO}의 연구원으로 근무하는 에일린을 만났고, 그녀로부터 엄마는 영어를 가르치고 나는 바이올린 연주를 선보일 학교를 소개받았다. '페구체'라는 이름의 그 학교는 특별한 음악 프로그램이 있었다. 안데스 지방의 다른 학교들이 이제는 (지금 우리나라처럼) 전형적인 서구의 악보와 주법을 익히는 테크닉 위주로 가르치는 데 반해, 페구체에서는 서구 음악과 함께, 공동체 안에서 전수되는 안데스 전통 음악도 별도로 가르쳤다. 그래서 그곳의 선생님과 아이들은 서양 악기인 바이올린과 다양한 안데스 악기들을 같이 배우고 있었다. 문제는, 이 양쪽 악기 모두를 안데스 전통 음악 연주자인 루이스 선생님 한 분이 가르친다는 데 있었다. 쉽게 소리를 낼 수 있는 안데스 악기와 달리, 바이올린 연주는 상당히 까다로운 기술과 지식을 필요로 한다. 그렇기 때문에 다른 것에 앞서, 자세와 운지법이 핵심이다.

그러나 루이스 선생님과 그의 학생들은 바이올린 연주를 위한 전문적인 훈련을 받은 적이 없었기에 좋은 소리를 낼 수 없었다. 바로 그 부분이 내가 끼어들 수 있는 지점이었다. 루이스 선생님은 나의 바이올린 케이스를 보자마자 "우리에게 바이올린을 가르쳐줄래?"라고 물었다. 엄마가 "얘는 겨우 열 살인 걸요?" 반문하자, 이렇게 말씀하셨다. "상관없어요. 정식으로 배웠잖아요."

그렇게 나는 꼬마 교사가 되었다. 나는 가장 먼저 페구체의 아이들에게 "너희들이 이 악기에 대해 알고 있는 것을 모두 잊어. 내가 지금부터 가르치려는 것은 새로운 악기야"라고 말했다. 그때 나는 지난 몇 년간 내가 갈고닦은 기본들이 얼마나 중요한가를 깨달았다. 대부분의 아이들이 그러하듯 나 역시 몇 시간에 걸쳐 하나의 테크닉을 완벽하게 익히는 과정을 싫어했다. 그러나 폐구체의 아이들에게 바이올린 연주법을 가르치면서, 나는 기본기가 부족할 때 연주의 결과도 결코 좋을 수 없음을 몸소 이해하게 되었다.

폐구체에서의 경험은 내가 처음으로 그리고 공식적으로 누군가를 실제로 가르쳐본 것이었다. 나는 그 일을 좋아했기에 배움을 나누는 일은 우리 여행의 일부로 자리 잡았다. 중학생이 되어 학교 공부의 중요성이 거칠게 끼어들기 전까지, 여건이 허락할 때면 언제나 그와 같은 방식의 여행이 1년에 두세 달씩 계속되었다. 엄마의 직업 때문이기도 했지만, 부모님은 사교육에 드는 비용과 시간을 모조리 여행으로 바꾸는 것에 망설임이 없으셨다. 그렇게 지금까지 나는 전 세계 30여 개국을 여행했다. 한 달에 걸쳐 하나의 국가를 구석구석 여행하는 느린 여행이었고, 엄마와 내가 여행하는 나라들은 거의 대부분 세계 최빈국들이었다. 어느 나라를 가든 우리는 꼭 아이들이 있는 기관을 방문했다. 반드시 그 두 가지 '도구'와 함께.

일곱 살, 탄자니아 몬테소리 센터.
'작은 별'처럼 간단한 곡들을 준비해갔다.
신기하게도 떨리기보단 기대되었다.

열 살, 에콰도르.
시작은 이렇듯 조용하지만
음악이 시작되면 다들 흥겹게 춤을 추기 시작한다.

PART 2

발견

운명적인 첫 만남, '페르마타 하티'

아시아, 중동, 아프리카, 남미…… 오대양 육대주의 모든 지역들이 우리의 흥미로운 여행지였다. 하지만 한 번 여행을 갔던 곳으로 다시 되돌아간 적은 없었다. 우리는 언제나 새로운 곳으로 나아갔다. 2013년, 내가 열세 살이던 해에 운명적인 만남을 갖기 전까지는.

전 세계의 대부분의 나라에서 (논란의 여지는 있겠지만) 진지한 공부는 고등학교에서 시작된다고 믿는 것과 대조적으로, 대한민국에서는 연필을 쥘 수 있는 능력만 갖추면 공부를 시작해도 된다고 믿는다. 우리 집의 교육적 가치관이 여느 한국 가정과 다르기는 했지만, 나는 한 명의 개인으로서 자신이 속한 나라의 사회문화적인 영향력으로부터 벗어난다는 것은 불가능하다는 걸 조금씩 깨닫게 되었고, 중학교 입학을 전후하여 공부를 시작하기로 결심했다. 이것이 내 여행 인생에 방해가 되기는 했지만, 그렇다고 해서 여행 인생의 종지부를 찍는 일로까지 확대되지는 않았다. 여행이야말로 가장 효과적으로 인생을 공부하는 학교라는 것, 이 점을 여전히 부모님께서 믿으셨기 때문이다. 다만 학기 중에도 여행을 했던 이전과 달리, 여행 기간을 방학으로 제한하는 식으로 바꿨을 뿐이었다.

2013년 그해, 우리는 처음으로 인도네시아에 갔다. 비행기표는 발리로 들어가 발리에서 나오는 것이었지만 늘 그렇듯 발리 같은 관광지는 되도록 피하고, 진짜 현지인들을 만날 수 있는 한적한 곳을 찾아다니면서 인도네시아 전체를 여행할 계획이었다. 그런데 관광지로부터 멀어지고자 했던 우리는, 결과적으로 모든 것으로부터 멀어져버렸다. 발리에 도착하자마자 내가 믿기 힘들 만큼 아프기 시작했던 것이다. 일주일 동안 나는 움직일 수도 없었고 숨 쉬기가 힘들 때도 있었다. 하지만 그러고 나면 몇 시간 동안은 멀쩡해지곤 했다.

인도네시아 전체를 여행하고자 했던 계획은 연기를 하든지 취소하든지 해야겠다고 생각하는 동안, 나는 잠시 컨디션이 회복되면 엄마와 함께 숙소가 있던 발리 우붓의 작은 마을 '뉴쿠닝'을 산책하곤 했다. 빈둥댈 시간은 충분했으므로 우리는 그 마을의 구석구석을 탐색할 수 있었다. 그 마을의 어느 길가에는 '타만 페르마타 하티'라고 쓰여 있는 건물이 있었다. 발리로 온 지 2주가 지난 어느 날, 우리는 그 주변을 어슬렁거리다가 여전히 그대로인 건물을 보고 한번 들어가 살펴보기로 결심했다.

얼핏 보면 지나치기 쉬운
페르마타 하티의 간판.

음악으로 가까워진 우리

그곳은 고아원이었다. 원장은 '아유'라는 이름의 중년 여성이었다. 그녀는 아이들을 위한 기회라면 그 어떤 가능성에도 관심이 있었기 때문에, 기쁘게 우리를 고아원 안으로 이끌었다. 그녀는 고아원에 대해 소개했다. 그곳은 이름은 고아원이었지만 다른 고아원들과 달리, 데이 케어day care 센터로서 방과 후 아이들이 모여 저녁까지만 머무는 곳이라고 했다. 이곳에서는 부모가 없는 아이들뿐만 아니라 한부모 가정의 아이들도 고아로 불리며 함께 시설을 이용하고 있다고 했다. 내가 그 이유를 여쭤보자, 엄마는 경제발전이 더딘 국가에서는 흔히 한부모 가정 아이들도 고아라고 부르는데, 그렇게 하면 더 많은 아이들이 기관의 보살핌을 받을 수 있기 때문에 그렇게 불리는 것이 꼭 나쁜 것만은 아니라고 하셨다.

페르마타 하티 고아원의 아이들은 수줍어하면서도, 우리가 그들에게 관심을 보인 것과 마찬가지로 우리에게 관심을 보였다. 아이들은 대부분 영어를 할 줄 몰랐지만 우리에게는 음악이 있었다.

(언어 능력과 음악적 재능은 아무 상관이 없으니) 나는 의사소통이 어려울 때 음악이란 게 참 좋다고 생각한다. 나는 아이들 앞에서 여느 여행 때처럼 바이올린으로 클래식을 몇 곡 먼저 연주했다.

연주를 마치고 나서야 아이들이 도레미조차 모른다는 것을 알았다. 음계를 가르치려면 악보를 그려야 했는데 그건 나에게 없는 재능이었기에, 나는 도를 1로, 레를 2로 바꾸어 아이들에게 음계를 가르쳐주었다. 아이들은 서양 음악에 대한 지식이 거의 없다시피 했지만, 열심히 익혔고 곧 도레미파솔라시도 음계를 배워나갔다. 곁에서 아이들이 배움에 집중할 수 있도록 도와주는 원장 아유의 헌신은 놀라웠다. 음계를 익히고자 하는 아이들의 열의도 놀라웠다. 아이들은 호기심 어린 눈을 빛냈고 반듯한 자세로 앉아 배운 것을 완전히 이해할 때까지 계속 노력했다. 내가 그동안 여행했던 수많은 나라의 그 어느 곳에서도 그만큼의 노력과 환상적인 팀워크로 꼬마 선생님인 내게 수업의 보람을 느끼게 해준 기관은 없었다.

아유의 첫 번째 편지

나는 2013년 7월 12일, 그날을 기억해.
네가 우리 고아원에 처음으로 온 날이거든.

너는 우리 고아원 아이들에게
음악을 들려주고 가르쳐주었어.
너는 바이올린을 연주했고,
우리는 처음으로 그 악기를 연주해볼 수 있었단다.

우리는 금방 바이올린이 매우 연주하기
어려운 악기란 사실을 알았어.
하지만 너는 인내심을 가지고 우리가
바이올린을 켤 수 있도록 가르쳐주었어.
덕분에 모든 아이들이
바이올린 연주를 시도해볼 수 있었지.

수업의 마지막에는
네가 연주하는 음악을 모두가 감상했어.
중빈, 너는 최고의 바이올린 연주자였단다.

아쉽게도 곧 너는 한국으로 돌아가야 했지만
머지않은 때에 고아원으로 다시 돌아와
악기를 연주하는 방법을 알려주기로 약속했어.

그리고 정말로,
다시 돌아왔어.

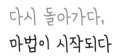

다시 돌아가다,
마법이 시작되다

한국에 돌아와서도 이상할 정도로 발리에서 만난 페르마타 하티 고아원의 아이들이 잊히지 않았다. 나는 엄마와 자주 페르마타 하티 아이들에 대한 이야기를 나눴다. 그리고 그해 겨울방학을 맞아, 우리는 그동안 하지 않았던 결정을 내렸다. 새로운 곳으로 여행을 떠나는 것이 아니라, 갔던 곳에 되돌아가기로. 그곳에 가서 이 훌륭한 아이들과 지식 나눔을 이어가기로.

경제적으로 개발이 덜 된 국가들을 주로 여행해온 엄마는 늘 '나눔'을 생의 중요한 일부로 생각하셨다. 아프리카를 여행한 뒤로는 아프리카 여행기 『하쿠나 마타타, 우리 같이 춤출래?』의 인세 수익 절반을 기부해 전 세계 오지에 도서관을 짓는 프로젝트를 시작하셨고, 그 결과 우간다, 라오스, 에티오피아, 볼리비아에 네 개의 도서관이 지어졌다.

나의 부모님은 전형적인 맞벌이 부부이시고, 1년 내내 열심히 일하면서 살림을 꾸려야 하는 입장이시지만, 그럼에도 불구하고 그런 면에서는 뜻을 함께 하셨다. 엄마는 내게 늘 말씀하셨다. "네가 여기서 좋은 교육을 받는다면, 그건 오직 세상 저편에 너처럼 좋은 교육을 받지 못하는 사람들과 그것을 나누기 위해서야." 또 이렇게도 말씀하셨다. "네가 네 인생에서 무엇을 얻든, 나누지 않는다면 그것은 아무것도 아니다." 그러므로 내가 발리에 다시 가고 싶다고 말했을 때, 엄마에게는 발리로 다시 가는 결정을 내리는 일이 반드시 어려운 일만은 아니었을 것이다.

2013년 12월, 두 번째로 발리에 갔을 때는 핸드벨, 리코더, 멜로디카를 챙겨갔다. 페르마타 하티 아이들이 크리스마스를 맞아 근처 호텔에서 자선 공연을 할 예정이라는 이야기를 들었기 때문이다. 아이들은 크리스마스 시즌이 다가오면 매년 한 차례씩, 성탄 디너를 먹는 관광객들을 위한 공연에 초청받았는데, 지금까지는 발리 동요를 몇 곡 부르는 공연을 했다고 한다. 공연에 오는 관광객의 절반 이상이 서양인들일 것이기에, 나는 공연 레퍼토리에 관광객들이 크리스마스를 즐기며 어린 시절을 회상할 수 있는 노래와 캐럴을 넣으면 좋겠다고 생각했다.

드디어 호텔에서의 공연 날이 다가왔고, 결과적으로 그날의 공연은 성공적이었다. 관광객들은 발리 어린이들이 그들의 문화를 알고 있다는 사실에 기뻐했고, 고아원 기부금에 그들의 뜨거운 마음을 보이는 것으로써 호응했다. 기부금은 고스란히 고아원 아이들의 교육에 투자되었다. 아유는 매우 기뻐했다. 그토록 단순한 아이디어 하나로 고아원 살림에 작은 보탬이 되다니!

아유의 두 번째 편지

2013년 12월 16일,
너는 페르마타 하티로 다시 돌아왔어.
약속대로 정말 우리 고아원을
다시 찾아준 거야.

네가 핸드벨도 챙겨와준 덕분에
페르마타 하티의 아이들 모두가
핸드벨을 연주하는 방법도 알게 되었지.
'징글벨'과 '사운드 오브 뮤직' 노래도 배울 수 있었고 말이야.

그때까지도 우리 아이들은 음계라는 것을 잘 몰랐는데,
네가 엄청난 인내심을 가지고
그 아름다운 음들을 하나하나 가르쳐준 덕분에
아이들도 더욱 열심히 배움에 참여한 것 같아.

그리고 닷새 뒤, 우리는
고아원 근처의 L 호텔에서 공연을 하게 되었지.
중빈, 너와 함께 열심히 준비한 덕분이었을까?
아이들은 그날 한층 더 자신감을 가지고 노래하고, 악기를 연주했어.

공연이 성공적으로 끝난 뒤,
우리를 공연에 초대한 호텔 매니저는
공연에 참여한 아이들에게 각각 5만 루피아(약 4천 원)씩을,
페르마타 하티 고아원을 위해서는
150만 루피아(약 12만 원)를 기부해주었어.

성공적인 공연과 기부금까지……
우리 모두는 그날 정말 행복했단다.

그로부터 3일 뒤, 그러니까 크리스마스이브에
우리는 우붓에서 조금 떨어진 쿠타에 위치한
라마 비치 호텔에서도 공연이 예정되어 있었어.

L 호텔에서의 공연처럼
크리스마스이브 공연에서도
우리는 너와 함께 구성한 레퍼토리로
노래를 하고 춤도 추었단다.

특히 우리가 중빈이 너와 함께 연습한
'사운드 오브 뮤직'을 불렀을 때,
호주, 미국, 네덜란드, 일본, 인도 등
전 세계 각지에서 온 관객들이
다 같이 그 노래를 합창하며 음악을 즐겼어.

우리를 초대한 호텔 관계자들,
그리고 그날 공연을 보았던 손님들 모두는
아이들의 공연에 깊은 감동을 받은 것 같았단다.

그날 손님들이 기부금을 넣은 상자에는
109달러(약 11만 원)와 161만 5백 루피아(약 12만 원)가 담겨 있었어.

무엇보다 이날의 공연은
우리들을 단번에 우붓의 유명한 스타로 만들어주었어.

마침 그해, 후원자 중 한 분이
고아원에 키보드를 기증해주시기도 했던 터라
우리는 단순한 공연팀을 넘어서서
'밴드'를 만들어보자는 생각을 하게 됐지.

그렇게 시작이 된 거야. 우리의 새로운 도전들이.

©Ayu

도움은 서로를 알아보고
손을 잡는다

엄마와 내가 다시 한국으로 돌아온 뒤, 정말이지 최고라 할 만한 뉴스들이 우붓에서 하나둘씩 들려왔다. 내가 아이들에게 음계를 가르칠 때 그 과정을 내내 지켜보셨던, 호주에서 오신 한 후원자 할아버지 존이 발리를 떠날 때 고아원에 키보드를 사주시고 가셨다는 것이다. 아유와 페르마타 하티의 아이들은 그 시커멓고 복잡하게 생긴 물건을 에워싸고 고민에 빠졌다.

"이걸로 뭘 어떻게 하지?"

아유는 어떻게 해야 할지 몰라 일단 벽장에 그 값비싸 보이는 키보드를 넣어두고 잠갔다고 한다. 그리고 고아원에 방문객이 올 때마다 물었다.

"키보드 연주하는 법을 가르쳐줄 수 있나요?"

오랜 기다림 끝에 마침내 키보드를 다룰 줄 아는 봉사자가 나타났다. 몇몇 아이들이 그가 가르쳐주는 것을 빠른 속도로 배워나갔다. 그 봉사자는 기타를 남겨두고 떠났다. 아이들은 이제 빠른 속도로 기타를 배워나갔다. 아이들 중 좀 더 나이가 있으면서 재능도 뛰어난 아이들은 너무나 기타 연주 연습에 집중한 나머지, 배움을 좀처럼 멈출 수 없었다.

아유의 노력 덕분에 페르마타 하티의 아이들은 세계 곳곳의 후원자와 연결되어 있었는데, 특히 음악 공부에 몰두한 몇몇 아이들의 후원자들은 후원 아동이 그토록 갖고 싶어 하는 악기를 생일에 선물해주기도 했다. 나와 동갑내기이자 미남인 '누라'는 후원자로부터 전자기타를 선물받고 손가락에서 피가 날 때까지 연습했다. 아유 원장님 자신도 싱글맘이셨는데, 역시 나와 동갑인 아유 원장님의 아들 '아궁'도 후원자로부터 드럼을 선물받고 리듬을 연습했다. 나보다 네 살 위인 '아프리아나'도 그의 후원자가 어렵게 장만해준 기타를 열심히 연습했다. 한 살 많은 '데와'는 베이스기타를 선물받았다. 데와의 베이스기타는 후원자가 아닌 이웃에 사는 미국인 아저씨로부터 받은 것이었다. 데와는 누라와 함께 일주일에 한 번씩 아르바이트로 그 아저씨 집에 가서 기타를 가르쳐드렸는데, 누라만 기타를 가져오고 데와가 매번 빈손으로 오자, 어느 날 아저씨가 데와에게 물어보셨다고 한다.

"너는 기타가 없니?"

'없다'는 의미로 데와가 고개를 끄덕이자, 아저씨는 어처구니가 없다는 듯 말을 잇지 못했다고 한다.

"너는 기타도 없이 그런 실력을 닦았는데…… 난 이런 기타를 여러 개나 지니고도……"

그러고 나서 며칠 뒤 아저씨는 자신의 기타 중 하나를 들고 아유를 찾아왔다. 물론, 그것은 데와의 기타가 되었다.

누라의 누나인 '데윅'은 키보드를 맡았고, 맑은 목소리를 지닌 소녀 '노피'는 보컬이 되었다. 아이들은 마이크와 스피커 등 밴드 활동에 필요한 대부분을 중고품으로 마련했지만, 신제품을 능가하는 열정으로 밴드를 결성하여 노래를 연습했고, 마침내 발리의 밴드 경연대회에서 1등을 수상했다. 이 놀라운 밴드의 이름은 '암바르 밴드'이다.

이들의 실력은 감탄스러운 속도로 향상되어, 내가 이 글을 쓰는 지금, 암바르 밴드의 실력은 내가 지난 11년간 연습해온 바이올린 솜씨와 엇비슷할 정도이다. 이것은 결코 만만히 여길 성취가 아니다. 물론 그들의 실력이 향상되고 더 많은 공연에 초대되어 공연수익이 늘어날수록 레슨해주실 분을 모신다든지, 장비를 더 나은 것으로 교체한다든지 하는 식으로 그들의 환경도 좋아졌다. 그것은 지난 몇 년에 걸쳐, 작은 도움들이 서로를 알아보고, 서로의 손을 잡고, 하나의 목표를 향해 움직여 이뤄낸, 두말할 것도 없이 모두를, 특히 '페르마타 하티의 엄마' 아유를 기쁘게 만든 단계적인 성취였다.

지역 신문에 보도된 페르마타 하티의 음악 활동들.
내가 처음 페르마타 하티를 방문했을 때,
이 벽은 텅 비어 있었다.
우리가 갈 때마다 액자가 하나씩 늘었다.

풍요로운 땅의
행복한 농부

　　2015년 봄, 세 번째로 발리를 찾았다. 그사이 나는 학교에서 연극 활동에 참여했다. 이번에 나는 학교에서 배운 경험을 페르마타 하티의 아이들과 나누고 싶었다. 기말고사가 끝나고 방학이 되자마자 인터넷으로 발리의 힌두 문화를 조사하여 힌두 신들에 대한 이야기를 연극 대본으로 썼다. 그리고 페르마타 하티의 아이들과 그 대본을 바탕으로 연극을 만들었다.

　페르마타 하티의 아이들에겐 무대에서 연기를 한다는 것이 매우 낯선 개념이었다. 하지만 킥킥대고 수줍음을 타는 와중에도, 감정을 밖으로 끌어내거나 움직임에 실어서 표현하는 데 조금씩 진전이 있었다. 특히 그중에서도 쥐 역할을 맡은 일곱 살 막내 '데와 아유'는 (어린아이들은 쥐와 고양이 역할을 맡았다) 베이스기타를 연주하는 데와의 여동생이었는데, 목소리는 작았지만 처음부터 끝까지 "난 쥐야"라는 짧은 대사를 진지하고도 긴장이 역력한 자세로 열심히 해내서 연기를 할 때마다 귀여웠다. 전통 춤을 잘 추는 '에르미'는 미모의 유혹하는 여인 사라스와티 역을 시간이 흐를수록 대담하게 잘 해냈다.

연극을 모두 완성하고 발리를 떠나는 날, '아유니'가 등장했다. 아유니는 고아원의 파티시에라 할 수 있다. 고아원에 특별한 날이 있을 때마다 케이크를 굽기 때문이다. 아유니가 주방에 있는 날은 고아원에 빵 냄새가 가득했고, 나 역시 뭐가 만들어질지 기대를 하게 됐다. 아유니는 위에 'JB&Sohi'라고 쓰인 케이크를 구워주었다. 아이들은 나를 놀래주기 위해 연극 속 자기가 맡은 역할에 어울리는 의상까지 알아서 찾아 입고 나타났다. 그리고 내가 한국으로 돌아간 뒤에도 열심히 연습해 꼭 연극을 완성시키겠다고 약속했다.

약속은 지켜졌을까? 물론이다! 이번에도 페르마타 하티의 아이들은 자신들이 한 약속보다 더 훌륭하게 약속을 지켰다. 스스로 대본까지 각색하여 발리의 성인식에 걸맞은 내용으로 연극을 완성해냈고, 덕분에 여러 곳의 성인식 행사에 초대되어 공연 수익을 올렸다는 내용의 메일을 아유가 보내왔다.

페르마타 하티는 풍요로운 땅과 같았고, 나는 마치 행운의 농부 같았다. 음악이란 씨앗이든, 연극이란 씨앗이든 심으면 기대 이상으로 자라 풍성한 열매를 맺는 것을 바라보는.

아유의 세 번째 편지

2015년 봄,
너는 페르마타 하티를 세 번째로 방문했어.

나는 네가 이번에도 아이들을 위해
새로운 아이디어를 가지고 왔을 것이라고 믿어 의심치 않았어.
그리고 너는 내 믿음과 기대를 저버리지 않았단다.
바로 '음악 연극'이란 것을 생각해온 거야.

발리의 힌두 신들에 대한 이야기를
음악 연극으로 담아내고자 했던 네 계획이
나는 매우 흥미롭고 좋았어.
아이들이 영어 말하기를 연습할 수 있을 뿐만 아니라
새로운 활동을 경험해볼 수 있는 기회라고 여겨졌거든.

네가 방문했을 때, 이미 고아원의 아이들 중

유난히 음악을 좋아하는 아이들은 함께 모여
'암바르'라는 밴드를 결성했고,
춤을 좋아하는 아이들은
'암바르 댄스'라는 춤 동아리를 만든 상태였어.

너는 이 아이들을 위해 힌두 신들에 대한 각본,
〈브라마의 또 다른 세상〉을 직접 쓰고,
아이들의 연기를 지도하는 연출의 역할까지 나서서 했어.

대사 없이도 슬픔, 분노, 행복과 같은 감정을 표현하는 법부터
영어 발음 교정, 새로운 노래까지
너는 아이들에게 정말 많은 것들을 가르쳐주더구나.
그것도 책임감 있고 열정적인 태도로 말이야.
덕분에 아이들은 표현력도 늘고
단편 연극이란 개념도 이해하게 됐어.

그리고 이때의 경험이 얼마 뒤,
페르마타 하티 아이들에게 새로운 기회를 안겨주었어.

네가 한국으로 돌아가고 난 후 어느 날,
어떤 부유해 보이는 여인이
우리 고아원에 찾아온 일이 있었어.

그리고 나에게 이렇게 물었지.

"우리 아이들의 스윗 세븐틴 파티(일종의 성인식)에 와서
음악 공연을 해줄 수 있나요?"

그녀는 페르마타 하티의 어린이 공연팀이
자신들의 파티를 흥겹게 만들어주었으면 했어.

우리는 그 초대에 응했고, 어떻게 공연을 구성할지 생각하다
네가 지난번에 와서 가르쳐주고 간 음악 연극을 떠올렸어.
우리는 '영혼의 깨어남'이란 제목의 음악 연극을 만들었단다.
어때, 성인식 연극에 걸맞은 멋진 제목이지 않니?
그날의 공연에는 열여덟 명의 아이들이 참여했단다.

공연은 이번에도 역시 성공적이었어.
스윗 세븐틴 파티에 온 손님들은 물론이고,
성인식을 맞이한 주인공 소녀와 가족들은
음악 연극 공연이 매우 멋진 아이디어라면서
엄지손가락을 추켜세우며 감탄했거든.

더불어서 그들이 받은 깊은 감동만큼
높은 공연 수익도 올릴 수 있었단다.

물론 언제나 그러했던 것처럼

우리가 얻은 수익은

이날의 음악 연극에 참여한 모든 아이들이

기쁜 마음으로 고르게 나눴단다.

/
열다섯 살, 내가 제공하는 것은
대단한 것일 수 없었지만,
아이들의 신뢰는 언제나 대단했다.

'가능성'의 영역을
함께 넓혀가다

        나는 페르마타 하티를 매년 여름과 겨울, 두 번씩 방문했다. 이제는 내가 방문하기 전이 되면 아유가 공연을 앞두고 "빨리 와서 도와줘~~!! 곧 공연이 있어!" 고함치는 메일을 보냈다. 나는 아이들과 지속적으로 음악 활동을 했는데, 특별히 크리스마스와 신년 공연을 준비할 때는 합창단의 안무도 짰다. 공연 레퍼토리는 양적으로도 다양성 면에서도 발전이 있었다. 레퍼토리는 대략 50:50의 비중으로 발리 전통 춤과 노래, 서양의 캐럴로 구성했다. 발리어나 춤에 대해선 나보다 아이들이 더 잘 알기 때문에 건드리지 않았다.

    그러나 한국에서 케이팝 아이돌을 일상적으로 접하게 되고 학교에서 뮤지컬 수업에 참여했던 경험도 있어서, 안무에 조금은 아는 바가 있었고, 그 조금 아는 것으로 노래에 새로운 빛을 더할 수 있었다. 나는 페르마타 하티를 방문할 때마다 점점 더 많은 미소와 함께 환영받았다. 그리고 점점 더 많은 이름과 얼굴을 연결시킬 수 있었다.

암바르 밴드와의 활동을 통해서는, 그룹 활동을 함으로써 어느 정도까지 서로를 잘 이해할 수 있는지에 관해 배우게 되었다. 이를테면 우리 중 누군가 우리 모두가 잘 알고 있는 노래 제목을 말하면 즉시 모두가 그것을 즉흥 연주하는 경험처럼 말이다. 예를 들어, 내가 바이올린으로 평소 들어봤던 곡의 멜로디를 연주하면, 암바르 밴드의 리더, 누라가 익숙한 다음 멜로디를 시작해 내가 그의 멜로디를 다시금 따라잡게 하곤 했다. 그리고 곧 우리는 (우리 기준으로) 높은 수준의 즉흥 공연을 만들어내곤 했다. 완벽한 절정에 이르기까지, 오로지 완벽한 즐거움을 목적으로.

　　나는 아이들에게 지속적으로 새로운 음악을 소개했고, 아이들이 공연을 이어나갈 수 있도록 도왔다. 이후 아이들이 보여준 어마어마한 성장은 나뿐만 아니라, 이 여정에 함께 했던 모든 이들을 놀라게 했다. 아이들의 공연 준비를 함께 하면서, 나 자신도 정신적으로 '가능성'의 영역을 넓혀가고 있다는 사실을 깨달을 때면, 나는 진짜 떠들썩하게 축하하고픈 기분이 들었다.

누라와 함께한 순간.
두 사람이지만 하나로
연결되어 있다는 느낌을 주고받으며.

아 유 의 네 번 째 편 지

2015년 크리스마스가 다가왔을 때,
우리는 그 어느 때보다도 네 존재가 정말로 절실했어.

다행스럽게도, 그해 크리스마스에
너는 또다시 페르마타 하티를 찾아주었고,
어린이 합창단에게 노래를 가르쳐주었어.

그해에도 어김없이 우리 아이들은
고아원 인근의 여러 호텔들로부터
크리스마스 공연 초청을 받았어.
이전과 달라진 점이 있다면,
무려 세 군데에서나 공연 초청을 받았단 거야.
21~24일까지는 쿠타의 라마 비치 호텔에서
크리스마스이브에는 센스 호텔에서
그리고 크리스마스에는 사마야 호텔에서의 공연이 계획되어 있었어.

너는 노래할 때 어떤 자세가 바른지
캐럴을 부를 때 어떤 표정을 지어야 하는지
손동작과 발의 스텝은 어떻게 연결해야 하는지
하나하나 세심하게 가르쳐주었어.
너의 그런 태도들 덕분이었을까.
그해 크리스마스 공연은 매우 훌륭했고 성공적이었어.

중빈, 고마워.
네 덕분에 페르마타 하티의 아이들은
스스로에게 자신감을 가지게 되었단다.
우붓의 유명 인사가 된 것은 물론이고,
이전 해보다 더 많아진 공연 수익도 얻을 수 있었고 말이야.

특히 센스 호텔에서의 공연 후 아이들은
호텔 주인으로부터 호텔에서 하루를 묵으며
맛있는 아이스크림과 신나는 수영장까지
호텔의 모든 시설을 이용할 수 있는 선물을 받았어.

중빈, 다시 한 번 고맙단 이야기를 전해.
우리는 네가 제2의 고향,
페르마타 하티로 다시 와주길 바라.
우리 모두는 너를 사랑한단다.

모두가 한데 어우러진
대공연

2016년 여름, 발리로 떠날 무렵 나는 새로운 계획을 세웠다. 빠르게 성장하는 아이들의 음악적 역량을 가장 극대화하는 큰 무대를 만들어보기로 한 것이다. 우리가 발리에 도착했을 때, 아유와 아이들은 언제나처럼 한자리에 모여 큰 환영 인사로 우리를 반겨주었다. 서로 그간의 안부를 나눈 뒤, 아유는 신이 나서 그동안 있었던 공연 소식부터 전해주었다. 내가 없는 동안 새로 기부받은 악기들이 있었는데, 그것들을 활용해서 새로운 음악 그룹을 만들었다는 것이다.

아유가 말한 새로운 악기는 호주의 전통 타악기인 젬베(북)와 발리의 전통 악기인 앙클룽(대나무로 만든 핸드벨)이었다. 이 악기들로 타악기 연주단과 앙클룽 연주단을 결성했다고 했다. 아이들은 아유의 말이 끝나기가 무섭게 얼른 그동안 갈고닦은 실력을 선보였다. 타악기 연주단은 젬베를 무릎 사이에 끼고 천둥처럼 힘차게 연주했고, 앙클룽 연주단은 대나무 악기를 흔들며 맑고 청명한 화음을 만들어냈다. 나는 아이들의 새로운 연주에 화답하기 위해 한국에서 연습해간 바이올린 곡을 연주했다. 우리는 서로에게 큰 박수를 보냈다.

이제 페르마타 하티의 뮤지션들은 기존의 암바르 전자밴드, 합창단, 리코더 연주단, 타악기 연주단을 비롯해서 앙클룽 연주단까지 그 구성이 다양해졌다. 여기에 전통 춤을 추는 남녀 댄스팀도 있었다. 나는 이 모두를 모아서 마치 커다란 오케스트라처럼 조화로운 공연을 만들고 싶었고, 아유에게 나의 이런 계획을 설명했다.

하지만 아유는 그때까지 그런 식의 합동 공연을 평생 본 적이 없었기 때문에 한참 뒤에야 내 말뜻을 이해했던 것 같다. 나중에 아유가 이때 벌어진 일들을 관찰하고 기록한 편지를 내게 건네주었을 때에야, 나는 왜 아유가 매일 눈을 크게 뜨고 입을 조금 벌린 채 우리의 연습을 지켜봤는지 알 수 있었다.

아유의 또 다른 편지들

*

2016년 6월 13일,

너는 페르마타 하티를 다시 찾아왔어.

우리는 평소처럼 이곳을 다시 찾은 널 환영했지.

우리는 너에게 새로운 악기들을 선보였어.

드럼, 우쿨렐레, 젬베와 앙클룽 등

우리 아이들은 새로 장만한 악기들을 연주했지.

너 역시 우리 모두가 네가 연주하는 음악을

그리워했다는 것을 알고 바이올린을 연주해주었어.

*

아이들의 새로운 연주를 들은 뒤로

너는 아이들 중 누가 어떤 악기를 연주할지,

누가 무슨 노래를 부를지 등에 대해 계획하기 시작했어.

처음으로 연습을 시작한 날,

나는 너희들이 사실 뭘 하는 건지 알 수 없었어.

그저 너와 아이들은 연습에 연습에 연습을 거듭하더라고.

암바르 밴드가 '모노디'라는 노래를 연주하면

이어서 리코더가 그 멜로디를 연주했고,

그다음엔 앙클룽 연주단이 연주를 이어갔지.

이윽고 3일 동안 아이들은 각자 다른 방에서

자신들만의 연습을 이어갔어.

그리고 마침내 4일째 되던 날,

모든 아이들이 처음으로 넓은 방에 모여 함께 연주를 했어.

하지만 나는 그걸 보면서도 여전히 혼란스러웠어.

아이들은 모든 악기를 한데 섞으려고 했어.

5일째 되는 날이 되어서야

나는 네가 구상한 아이디어가 무엇인지 이해했어.

오 마이 갓! 나는 그제야 이것이

최고의 작품이 될 것이란 걸 알아챘어.

아이들은 점점 고조되고 있었어.

아이들은 매일 연습에 참여했지.

아이들의 연습은 계속 이어졌어.

그리고 갑자기 내 머릿속엔 이것으로

대형 공연을 만들어야겠다는 기막힌 생각이 떠올랐어.

중빈 너도 그랬겠지만, 나 역시

페르마타 하티의 아이들 저마다

서로 다른 재능을 지니고 있다는 것을 알고 있었어.

하지만 나는 아이들의 다양한 재능을

그렇게 하나로 엮을 수 있다는 것을 미처 알지 못했어.

어디에 가서 이 놀라운 실력을 보여줘야 할까?

누가 우리를 도와줄 수 있을까?

그 순간 너무도 많은 질문들이 내 머릿속을 맴돌았단다.

나는 아이들이 이것을 공연으로 보여주지 않고

그저 연습으로만 끝내는 건 싫었어.

어느 날, 나는 너와 함께 우붓 센스 호텔의

총괄 매니저이자 대표인 츄 씨를 만났어.

우리가 이 호텔을 선택한 것은

이 호텔에 큰 공연장이 있기 때문이었어.

우리는 츄 씨에게 아이들이 연습하는 동영상을 보여주면서

우리가 가진 생각들을 의논했어.

그리고 마침내 센스 호텔 측은 우리를 지원하기로 했지.

우리가 이 공연에 어울리는 가장 좋은 이름에 대해 고민하고 있었을 때
츄 씨는 '우붓 고아들을 위한 탤런트 쇼'라는 이름을 지어주기도 했지.

8월 6일 토요일, 드디어 탤런트 쇼 공연 날이 다가왔어.
우리는 발리 전통 춤을 추고, 앙클룽과 밴드 악기를 연주했지.
너와 지금까지 준비했던 것 중 가장 큰 공연을 한 거야.
공연에는 마흔다섯 명의 아이들이 참여했어.
아이들은 이날의 공연을 위해 계속 연습을 했지.

연습도 연습이지만, 우리는 티켓을 팔기 위해서도 바빴어.
우리가 팔려고 한 티켓은 총 130장이었어.
나는 페르마타 하티에 자주 오는 친구들, 봉사자들,
그리고 호텔 측에 티켓을 판매하려고 애썼지.
사랑하는 후원자들에게도 만약 이 날짜에 우붓에 오신다면
아이들의 탤런트 쇼 티켓을 구매해달라고 했어.
너도 고아원을 방문하는 모든 이들에게 티켓을 판매하려고 애썼는데
특히 한국인 방문객들을 대상으로 티켓 판매를 위해 노력하더구나.

지금까지 중빈이 너의 활동을 지켜보면서
굉장히 인상 깊었던 점이 있었다면 그건 바로
네가 한 번도 네 방학을 관광이나
노는 일로 보낼 생각을 하지 않고

언제나 이곳 페르마타 하티에서
우리와 함께 지내고자 했다는 거야.
그것도 매우 즐거워하면서 말이야.
그래서일까? 우리 아이들 역시 너를
단순한 친구로 여기는 것이 아니라
점점 가족으로서 너에게 다가가는 것 같아.

기쁘게도 우리는 탤런트 쇼 티켓을 모두 '완판'했어.
심지어 페르마타 하티를 방문한 사람들이나 친구들 중에서
탤런트 쇼 티켓을 갖지 못한 사람들도 있어서
우리가 내년에는 꼭 티켓을 구해주겠노라고 약속해야 했을 정도였지.

나는 정말 행복하고 신났어.
하지만 때로는 굉장히 걱정도 되었어.
그럴 때마다 너는 내가 차분히 가라앉을 수 있는 말들을 해줬지.

나는 줏빈 너와 함께 할 수 있어서 참 좋아.
네가 언제나 나를 도와주어서,
언제나 빛나는 아이디어로 격려해줘서
나는 정말 운이 좋은 것 같아.

네 모든 아이디어와 격려가

나를 강하고 자신감 있게 만들어주고
우리 페르마타 하티의 아이들이
강한 내적 동기를 갖고
자신의 재능을 키울 수 있게 해준단다.

*

중빈, 네 방학 기간이 끝나갈 무렵
너는 한국으로 돌아가야만 했어.
한국으로 돌아가는 널 위해
우리는 작은 이별 파티를 준비했지.

오랫동안 준비해온 텔런트 쇼는
네가 떠난 뒤에 공연을 하게 됐어.
공연을 본 사람들은 모두들 기립 박수를 쳐줬어.
어떤 사람은 감동적이었다며 울기까지 했단다.

공연 준비를 통해 다양한 음악 프로그램을 경험하며
아이들의 생활은 나날이 바뀌어갔어.
이전에 아이들은 슬퍼하거나 우울해하기도 했었는데
이제 페르마타 하티의 아이들은 활기가 넘쳐.
음악은 정말 치유의 기능이 있는 것 같아.

공연을 통해 얻은 수익으로
고아원 운영비를 충당할 수 있게 된 것도 많이 기뻐.
그 덕분에 음악실도 정비하고,
악기들도 새로 장만할 수 있었거든.

무엇보다 공연을 거듭할수록
아이들이 점점 자신감을 갖고 강인해지는 것,
아이들이 자신의 삶을 다채롭게 이끌어나가는 법을
알게 되었다는 것이 가슴 벅차.

중빈, 네게 정말 고마워.

이제 더 많은 이들과
손잡을 순간!

　　　　　7월에 발리에서 돌아온 나는 8월에 있었던 탤런트 쇼를 직접 보지 못했다. 하지만 처음부터 이 점을 염두에 두고 탤런트 쇼 준비 막바지에는 누라가 나 대신 지휘할 수 있도록 리허설을 해놓았기 때문에 큰 걱정은 되지 않았다. 다만, 보지 못하는 것이 아쉬웠을 뿐이다.

　8월 6일, 드디어 공연 날! 아유가 공연이 끝나자마자 소식을 전해주었다. 탤런트 쇼는 성공 그 이상이었다. 우리는 역대 최고의 공연 수익(약 천만 원)을 벌었고, 이것을 무대와 식사를 제공해준 호텔 측과 절반씩 나눈 결과, 5백여만 원이 고스란히 고아원의 수익으로 돌아왔다. 아유는 언제나처럼 수익의 일부를 아이들에게 용돈으로 고루 나눠주었고, 열악했던 음악실을 새로 단장했으며, 베이스기타도 새로 장만했다며 기뻐했다.

　탤런트 쇼 연습이 한창이던 어느 날, 아유가 내게 이렇게 고백한 적이 있었다.

2016년 첫 번째 탤런트 쇼.
이후 탤런트 쇼는 지속적인 행사로 자리 잡아
2017년에 두 번째 공연이 이어졌다.

/
가장 작은 아이들부터
가장 실력 있는 아이들까지
모두 다 함께 어우러져 공연 연습을 했다.

"중빈, 내게는 오래전부터 꿈이 있었어."

아이들과 내가 만나 음악 활동을 시작하기 전에도, 고아원 아이들은 매년 크리스마스 때마다 '자선 공연'이라는 이름으로 1년에 한 번씩 공연을 하곤 했다. 그것은 실력으로 박수를 받는 공연이 아니라, 의례적인 연민으로 박수를 받는 공연이었다.

"어느 날, 나는 우연히 한 예술학교 아이들의 공연을 본 적이 있어. 돈을 받고 티켓을 파는 정식 공연이었지. 아이들은 정말 다양한 악기를 수준 있게 연주해내고 춤추고 노래했어. 그날부터 나는 '우리 아이들도 언젠가 저런 무대에 설 수 있다면 얼마나 좋을까?' 하고 꿈을 꾸게 됐어. 그런데 이제 우리도 티켓을 돈 주고 파는 정식 공연을 할 수 있게 된 거야!"

아유나 우리 엄마나 모두 툭하면 우는 울보 엄마들이다. 그 말을 할 때에도 아유는 눈물을 글썽였다. 나는 아유가 꿈을 이뤄가는 과정이, 그리고 아이들이 꿈을 이뤄가는 과정이 내가 꿈을 찾아가는 과정과 모두 한 길 위에 있는 것은 아닐까 생각해보았다.

가장 큰 공연이 잘 마무리되었다는 소식은, 이제 아이들이 그 어떤 공연도 잘해낼 수 있을 것이라는 이야기와도 같았다. 기쁜 소식임에 분명했다. 하지만 동시에, 이것은 암시이기도 했다. 아유가 "어서 와서 도와줘!!!!!"라는 메일을 보내고 내가 방학을 하자마자 허겁지겁 발리로 뛰어가서 공연을 만들던 몇 년 전처럼, 이제 아이들에게는 나의 도움이 많이 필요하지 않을 것이라는 암시. 이제부터 아이들은 나 없이도 스스로 크고 작은 무대를 기획하고 꾸려나갈 수 있을 것이다. 게다가 나는 고작 중학교 3학년 학생일 뿐이었다. 여섯 살부터 바이올린을 배웠고 음악을 좋아한다고는 하지만, 이제 아이들의 음악적인 발전을 위해 필요한 사람은 나 같은 사람이 아니라 더 수준 높은 지식을 갖춘 전문가일지도 몰랐다. 한편으로, 고작 학생일 뿐인 나를 통해서도 이렇게 많은 성장을 일궈낸 아이들이라면 보다 다양한 분야에서, 보다 더 많은 사람들의 도움을 받는다면 앞으로 얼마나 더 크게 성장할 수 있을까 하는 생각도 들었다.

나는 조직을 만들기로 했다. 먼저 학교에서 동아리를 만드는 것을 생각해보았다. 학교 친구들은 발리에서의 활동이 나날이 발전하고 있다는 것을 알고 있었다. 하지만 친구들은 관심을 보였다가도, 방학 때에도 학원에 가야 했기 때문에 한 달씩이나 발리에 있는 일은 불가능할 것 같다며 이내 마음을 바꿨다. 내가 생각해도 단체로 발리에 가서 봉사한다는 것은 현실적으로 비용 면에서 효율적인 일이 아니었다.

이런저런 고민에 빠져 있을 즈음, 페르마타 하티에 물품을 보낼 일이 생겼다. 고맙게도 마침 한 이모가 발리에 가신다며 그 물품을 페르마타 하티에 직접 전달해주시겠다고 했다. 유레카! 나는 발리가 한국인들이 많이 가는 관광지라는 것에 생각이 미쳤다. 요즘 같은 인터넷 시대에 학교라는 장벽 안에서만 생각할 필요가 있을까? 인터넷을 통해 다양한 재능을 지닌 봉사자를 모집해보면 어떨까? 나와 같은 학생이 아닌, 진짜 전문가도 페르마타 하티에 가서 재능 기부를 해줄지도 모르지 않나? 스펙 때문에 발리'까지 가는' 것이 아니라, 발리'까지 가서도' 봉사하고 싶으신 분들이 모인다면 정말 좋은 프로그램이 되지 않을까?

'발런트래블링'은 그렇게 시작되었다.

PART 3

도전
: 1차 발런트래블링 보고서

'발런트래블링'을
시작합니다

'발런트래블링' 아이디어를 떠올리고 나서 얼마 지나지 않은 2016년 10월, 나는 블로그에 이 프로그램에 대한 글을 올렸다.

안녕하세요? 오중빈입니다.
저는 현재 중학교 3학년 학생이자
『그라시아스, 행복한 사람들』이라는 짧은 책의 작가이기도 합니다.

여행을 해보신 많은 분들께 던지고 싶은 질문이 있습니다.
아름다운 해변에서 책을 읽고
유명한 건축물을 보고
하루의 끝에 호텔방으로 돌아와서
여행의 다른 면이 있을 수 있다고 생각해보신 적 있나요?

하루쯤 현지 사람들과 관계를 쌓고,

함께 일하고, 도움을 주고받으며

여행의 다른 의미를 발견하고 싶으시다면

이 글을 읽으시고 저와 함께 해주세요.

저는 정말로 의미 있는 여행을 함께 하실 분들을 찾고 있습니다.

봉사!

여행과 함께 하실 수 있습니다.

대개는 봉사를 어렵게 생각하시는데

여행 중에 더 직접적으로, 쉽게 하실 수 있습니다.

제가 그 증거입니다.

저는 아주 어릴 때부터 아주 단순한 방법으로

여행 중 봉사를 해왔습니다.

그러한 지 벌써 10년이 되었는데,

저에겐 너무나 보람 있고 즐거운 일이었습니다.

여러분도 아마 그동안 제 블로그에서 제가 꼬마 때부터

재능 기부를 했던 사진들을 보셨을 겁니다.

많은 가족들이 동남아시아 같은 곳을 여행할 때

어려운 형편의 아이들을 보며 봉사를 하고 싶지만

'여행과 봉사를 같이 할 수 있을까?'라고

생각하신다는 이야기를 들었습니다.

한국은 휴가 기간도 짧아서 여행만 하기에도 부족하고
나이가 어리면 직접 봉사단체에 참여하는 데에도 제약이 많아서
봉사가 낯설게 느껴지기도 하니까요.

그래서 이것을 가능하게 할 수는 없을지 고민해보았습니다.
일주일 미만의 짧은 해외여행 중에도
가족이나 동료끼리 누구나 도움이 필요한 곳에서
재능을 기부할 수 있게 할 수는 없을까.

그러다 제가 발리에서 진행하고 있는 프로젝트에
함께 해주신다면 어떨까 생각했습니다.

발런트래블링

Voluntraveling(=Volunteering while traveling)

제가 만든 단어입니다.
짧은 휴가 기간 중에 봉사만 하는 것은 부담스럽고
여행만 하자니 뭔가 부족함을 느끼실 분들을 위해
생각해낸 아이디어입니다.

만약 발리를 여행하신다면
여행 중 봉사를 원하는 날짜와

그 날짜에 봉사 가능한 시간을 미리 알려주세요.

그러면 제가 하루, 또는 그 이상

원하시는 만큼만 현지 아이들과 만나

마음과 시간을 나눌 수 있도록 연결해드리겠습니다.

저는 열세 살 때부터 4년간,

인도네시아 발리 우붓의

페르마타 하티 고아원에서 봉사를 해왔습니다.

엄청난 재능이 아닌,

그냥 봉사하고 싶은 마음과 노력으로만 시작해

지금까지 하고 있습니다.

제가 한국에서 바이올린을 배우면

그곳에 가서 음계를 가르쳤고

한국에서 연극을 했으면

그곳에 가서 뮤지컬을 만들어보았습니다.

한마디로, 누구나 할 수 있습니다.

만약 이번 겨울

뭔가 특별한 여행을 계획하신다면

발리로 오세요.

저는 2016년 12월 16일부터 2017년 1월 6일까지

발리 우붓에 머무르면서

페르마타 하티 고아원 아이들과

크리스마스와 새해를 함께 맞이할 예정입니다.

물론 저는 늘 해왔던 공연 준비를 할 것입니다.

페르마타 하티 고아원의 공연팀은

이번 겨울 공연만 다섯 개 이상이 예약되어 있고,

지난여름 함께 만든 탤런트 쇼는

한국 돈으로 대략 500만 원에 달하는 큰 순이익을 올렸습니다.

페르마타 하티 고아원은 이제 공연으로 유명해져서

사실 그곳에 가면 매일매일 할 일이 많습니다.

혹시 이 기간 중에 발리를 여행하실 분 중

자녀들과, 친구들과, 또는 혼자

저처럼 자그마한 재능을 나누고 싶으신 분은

댓글로 참여 의사와, 메일 주소를 남겨주세요.

그러면 제가 구체적으로 어떤 봉사를 하시고 싶은지

메일로 더 이야기를 나누고 내용과 일정을 맞춰드리겠습니다.

제가 그랬던 것처럼 나이가 어려도

직접 수업을 진행할 수 있습니다.

부모님이 함께 도와주신다면요.

물론 꼬마들을 대상으로 수업하겠지요.

제가 옆에서 지켜보며 도와주기도 할 겁니다.

재능 기부 중에는 당장 이번 겨울 음악 공연을

도와주실 수 있는 재능이라면 가장 좋겠지만

종이접기, 한국어 수업, 피아노나 기타 레슨 등

그 어떤 재능 기부도 가능합니다.

따로 수업을 열면 되니까요.

고아원 원장님 아유는 이 모든 계획을

매우 긍정적으로 도와주실 예정입니다.

꼭 재능 기부가 아니어도 괜찮습니다.

아이들이 공연 연습을 할 때 먹을 간식을 제공해주셔도 됩니다.

티켓을 구매하시고 공연 관람을 해주셔도 감사하겠습니다.

모든 기부는 횟수가 많을수록 좋겠지만

다른 분들이 힘을 합쳐 이어가면 되니 1회도 괜찮습니다.

사실 지난여름 탤런트 쇼를 준비할 때

한국에서 아이 둘을 데리고 오신 한 이모께서

사발면을 사와서 끓여주시는 간식 기부를 해주셨고,

다른 이모는 필요한 물품을 가져다주시는 배달 기부를 해주셨습니다.

이 두 분의 이모가 저에게
발런트래블링이라는 아이디어를 주셨습니다.
이렇게 작은 정성들이 모이면
탤런트 쇼가 더 성공적일 수 있다는 걸 알게 되었습니다.

페르마타 하티 고아원의 아이들은
처음 보는 분들에게도 금방 마음을 여는
따뜻한 친구들입니다.
발리 어디에 계시든 우붓은 택시로 오실 수 있는 거리입니다.
이번 겨울 발리 여행 중
아이들과 의미 있는 만남을 원하신다면
제게 연락주시고 시간 내어 오시면 됩니다.
발리에서, 여러분과 함께
멋진 기억을 기획하고 만들 수 있으면 좋겠습니다.

VOLUN
TRAVELING

예상보다
큰 반응에 놀라다

　　놀랍게도, 내가 올린 블로그 글에 즉각적으로 반응이 왔다. 많은 분들이 페르마타 하티에 오고 싶다는 의사를 전해오셨고, 고아원 아이들과 나누고 싶은 물품이나 재능이 무엇인지 알려주시면서 프로그램에 참여하기 시작하셨다. 나는 약 세 달 동안 학교에서 돌아온 뒤 저녁마다, 참가자분들과 또 아유 원장님과 수백 통의 메일을 교환했다. 학교 숙제와 병행하다 보니 어떤 날은 졸면서 메일을 쓰기도 했다. 피곤한 날엔 '중딩'스럽게 엄마에게 짜증을 낸 적도 있었다. 하지만 무슨 '아빠'라도 된 것처럼, 페르마타 하티의 아이들을 생각하면 힘이 났다. 참가해주시는 모든 분들이 모두 고마운 분들이라는 것도 잊지 않았다.

　참가는 하고 싶지만 특별한 재능이나 수업할 만한 것이 없다고 걱정하시는 분들에게는, 더 나을지 모를 다른 대안들을 알려드렸다. 이런 분들이 가장 선호하시는 기부의 형태는 식재료를 사오시거나, 당일 여행(데이 트립day trip)처럼 아이들에게 인기 있는 활동의 비용을 부담해주시는 것이었다.

식재료는 페르마타 하티에 꼭 필요하다. 아이들은 고아원에서 직접 먹을 것을 요리하기 때문에, 식재료 기부를 해주시는 분이 계시면 조리된 음식을 사먹을 때보다 훨씬 돈을 절약할 수가 있다. 당일 여행도 아이들이 지속적으로 선호하는 야외 활동 중 하나이다. 한부모 가정의 부모님들은 과도한 노동에 시달리기 때문에 아이들과 소풍이나 여행 가는 일을 생각하시기 힘들다. 그래서 아이들은 고아원에서 가는 당일 여행을 통해 낯선 곳에도 가보고 색다른 체험을 할 기회를 얻는다.

의외로 발런트래블링 신청자 중에는 자녀를 둔 부모님들이 많으셨는데, 이분들은 여행 중 자녀들과 쇼핑이나 관광을 하기보다 의미 있는 활동을 하고 싶어 하셨다. 나는 이분들께 자녀들이 직접 수업을 진행하게 하거나, 아니면 부모님 수업에서 조교 역할로라도 참여할 수 있도록 적극적으로 아이디어를 드렸다. 내가 어릴 때부터 자연스럽게 봉사를 시작한 경험이 있기 때문에, 아이들도 어릴 때부터 놀이처럼 봉사를 시작하면, 커서 스펙 때문이 아니라 스스로 즐거워서 봉사를 계속하게 될 것이라고 믿었기 때문이다.

또, 악기나 외국어 등 수준 높은 사교육을 받는 한국 아이들이 고아원에서 지식 나눔을 경험함으로써 자신의 지식이 얼마나 소중한지를 깨달을 수 있다면, 이것은 그 지식을 나눠받는 고아원 아이들뿐만 아니라, 동기가 불분명한 배움을 이어가고 있는 한국 아이들에게도 분명 도움이 되는 일이라 생각했다.

무엇보다 발런트래블링만의 가장 큰 장점 중 하나는 참가비가 0

원이라는 것이었다. 발런트래블링은 개인적으로 떠난 여행 중 짬을 내어 참여하는 봉사 프로그램이므로, 봉사단체에서 해외봉사를 떠날 때 팀을 꾸리고 수백만 원에 달하는 참가비를 걷어 떠나는 방식과는 달랐다. 화이트보드, 필기구, 미술용품 등 기본적인 수업 도구도 이미 고아원에 비치되어 있었고, 고아원에 없는 물품이 필요할 경우에만 수업 진행자가 직접 준비물을 가져가면 되었다.

물론 장기 해외봉사와 다른, 단기 해외봉사인 발런트래블링만의 단점도 있을 수 있었다. 나는 이를 극복하기 위해 참가자와 무슨 수업을 하면 좋을지에 대해서뿐만 아니라, 수업을 어떻게 진행하면 좋을지에 대한 이야기도 나눴다. 특히 어린이나 청소년이 수업을 진행할 경우에는 이런 이야기를 더 많이 나눴는데, 고아원 아이들이 수업 내용에 실망하는 일이 없도록 사전에 수업계획서와 모의수업 동영상을 받아서 어떤 부분이 보강되어야 할지를 상의했다.

수업을 진행하신 분들께는 내 블로그에 수업 후기를 공유해주실 것, 그리고 고아원에 수업 일지를 남겨주실 것을 부탁드렸다. 그렇게 해서 이전에 수업이 진행됐던 과목일 경우, 다음 참가자가 전 참가자의 수업 내용을 확인하고 그다음 진도를 이어 나갈 수 있도록 했다. 이전 수업을 진행하신 분과 새로 수업을 진행하실 분끼리 소통하실 수 있도록 연결해드리기도 했다. 이 과정에서 서로 통하는 것이 많다며 친구가 되신 분들도 계셨다.

세 달이 넘는 준비 기간을 거친 뒤, 드디어 2016년 12월, 총 50

여 분과 함께 하는 1차 발런트래블링이 시작되었다. 성금이나 물품 모으기 등 간접적으로 프로그램에 참여하신 분들의 수까지 헤아려본다면 100여 명에 이르는 분들이 응원을 보내주신 상황이었다. 참가자와 봉사 내용이 확정되었을 때, 나는 블로그에 이런 글을 공유했다.

지난 세 달간 발런트래블링에 많은 분들이
관심을 보여주셨습니다.

굉장히 다양한 분들이 다양한 방식으로 참여를 신청해주셨고
그분들과 소통하는 과정에서 저 또한 많은 것을 배웠습니다.
정말 감사합니다.

독일에서는 오래전 광부와 간호사로 떠나신 분들이
정성 어린 선물을 모아주셨고,
중국에서는 크리스마스 공연에 꼭 필요한
의상들을 준비해주셨습니다.

최연소 수업 진행자로 열네 살 소녀 둘이 있고,
엄마의 수업에서 조교 역할을 하는 형태로
봉사에 참여하는 어린이들도 여럿 있습니다.

저는 봉사라는 것이 시작은 내가 먼저 손길을 뻗는 것이지만

시간이 지나며 상대방과 나 모두에게

행복이 생기는 것이라고 생각합니다.

그 상대방은 다시, 또 다른 누군가에게 다가가서

자신의 행복을 나눌 수 있습니다.

제가 페르마타 하티에 처음 갔을 때 그들에게 음악을 건넸고

그곳의 제 또래 친구들은 연주를 하기 시작했습니다.

지금은 그 친구들이 저 없이도 그들의 동생들에게

자신들이 배운 음악을 가르쳐주고 있습니다.

그렇게 새로운 행복을 나누고 있지요.

봉사의 의미는 그런 것이라고 생각합니다.

세 달 동안 발런트래블링 준비를 하며

비록 여행 중이지만 귀한 시간을 내어

처음으로 이 행복에 다가가는 분들을 알게 되어 영광이었습니다.

이제 참여하시는 분들의 수업 시간이 확정되었습니다.

우붓에 도착한 뒤부터는 부지런히 발런트래블링이

어떻게 진행되는지 업데이트하겠습니다.

끝까지 지켜봐주시길 바랍니다.

감사합니다.

2016년 겨울 발런트래블링 봉사 내용

❶ 소영님과 준혁이(10세): 한국어 수업, 준혁이 한국 동요 바이올린 연주

❷ 승원님과 서준이·서율이(8세): 중국에서 공연 물품 준비, 방문 기부

❸ 소풍님: 독일에서 정기 후원

❹ 람다예나님과 민재·정명이: 멜로디혼, 오카리나 기증 및 연주법 수업,
민재 전자바이올린 연주

❺ 하진이(14세): 음악줄넘기 수업

❻ 단이(14세): 중국어 수업

❼ 은희님: 양말인형 만들기 수업

❽ 챠미님과 세 자녀: 플롯 수업 및 악기 기부

❾ 엄마당: 실로폰 기부

❿ 만화가 소희님과 율이: 캐리커처 그리기 수업

⑪ 쓰와드님과 유민이: 보드게임 및 레크리에이션, 데이 트립 비용 기부

⑫ 성원님: 독일에서 파독 광부/간호사 어르신들과 함께 선물 기부

⑬ 이현아 선생님과 그림책 동아리 어린이들: 그림책 영어 번역 및 기부

⑭ 이현아 선생님: 그림책 만들기 수업

⑮ 유찬이 어머니: 1300만 원 기부, 퇴소 청소년 대학 장학기금 조성

⑯ 걷는중님과 하봄·열음이: 합창단 및 밴드 보컬 수업

⑰ 가영님: 칫솔 120개와 치실 100개 기부

⑱ 서목님: 후원금 기부

⑲ 린(9세)·예주(10세) : 종이접기 수업

⑳ 미니미쩡님과 친구: 식재료 기부

㉑ 힐링가든님: 한국어 수업

©Ayu

해피 앤 메리
발런트래블링

2016년 12월, 페르마타 하티에 도착했다. 아이들은 엄마와 나를 엄청나게 반겨주었다. 작은 아이들은 소리를 지르며 뛰어와 품에 안기기도 했다. 하지만 당장 크리스마스 공연을 앞두고 있었기 때문에 도착하자마자 숨 돌릴 틈도 없이 바쁘게 움직여야만 했다. 나는 주로 공연 준비를 돕는 한편, 곧 도착하실 50여 분의 가족이 열두 가지 수업을 진행하실 것에 대비해야 했다. 한국에서도 틈만 나면 메일 교환을 하긴 했지만, 아유와 마지막 점검을 해야 했다. 매일 블로그에 진행 상황을 업데이트하는 일도 거를 수 없었다. 블로그에 소식을 업데이트하는 것은 이 프로그램을 응원해주신 분들에 대한 기본적인 예의라고 생각했다. 우붓의 인터넷 사정이 좋지 않아서 글을 업로드하는 데에만 두세 시간씩 걸려 비명을 지를 때도 많았지만, 기다려야만 했다. 정말이지 너무나 바쁜 하루하루였다.

발런트래블링의 모든 프로그램 중 가장 먼저 시작된 것은 물품 기부였다. 마침 크리스마스 시즌이기도 해서, 우리는 공연 리허설을 하는 도중에 매일 새롭게 도착한 기부 물품들을 산타의 선물처럼 열어보며 크리스마스 기분을 만끽했다.

발런트래블링이 온라인 기반 프로그램이다 보니 기부 물품은 세계 곳곳에서 도착했다. 예를 들어, 독일에서는 성원님이 주축이 되어, 파독 광부와 간호사 어르신들과 함께 정성 어린 학용품과 다양한 재봉용품을 모아 보내주셨다. 파독 광부와 간호사 어르신들에 대해서는 영화 〈국제시장〉을 봐서 알고 있었다. 우리나라가 경제적으로 어렵던 시기에 외국에 나가서 고생하시고, 다시 외국의 어려운 아이들에게 도움을 주시는 어르신들께 무한한 존경심이 들었다. 나는 되도록 이 귀한 물품이 잘 활용되도록 하기 위해, 고아원에서 바느질을 잘하는 아리스에게 재봉 수업을 열어달라고 부탁했고, 아이들은 아리스의 지도 아래 각자 마음에 드는 천을 골라 가방을 만들었다.

직접 상하이에서 선물 가방을 들고 오신 산타 가족도 계셨다. 승원님은 남편의 일 때문에 상하이에 거주하셨는데, 감사하게도 쌍둥이 남매 서준이, 서율이와 함께 땀을 뻘뻘 흘리며 거대한 캐리어를 끌고 고아원을 방문하셨다. 그 안에는 아이들이 당장 크리스마스 공연에 쓸 수 있는 산타 모자와 망토 등 공연용품이 가득했다. 아이들이 읽기 좋은 영어책들도 있었다. 승원님은 우붓으로 출발하시기 전 메일을 주고받을 때에도, 중국에서는 모든 물건이 다 저렴하다며 "필요한 것은 말만 하라"고 너그럽게 말씀해주신 분이셨다. 승원님이 준비해주신 옷으로 산타 복장을 한 아이들

/
(위) 서율이는 고아원에 오면 언제나 타미부터 찾았다.
(아래) 종종 택시가 오지 않을 때면 아이들이 봉사자들을 직접 숙소로 모셨다.

이 거울을 들여다보며 좋아하는 동안, 서준이는 음악실에서 아궁에게 드럼 연주를 배우고 있었고, 서율이는 타미에게 우쿨렐레를 배웠다. 페르마타 하티의 아이들은 정말로 상냥하게 어린 손님들을 잘 돌봐주었다. 이곳에선 공동체 생활을 하며 집안일을 돕거나 가족 또는 친척의 동생들을 돌보는 일이 일상이기 때문에, 그것은 매우 자연스러운 일이었다. 승원님은 어린 동생들을 돌보는 일에 익숙한 페르마타 하티 아이들의 모습이 인상적이셨는지, 발런트래블링을 마치신 뒤 내 블로그에 올려주신 후기에 이런 이야기를 적어주기도 했다.

아…… 정말 가슴이 찡하게 행복한 시간이었습니다.
서준이, 서율이는 마치 시골 외갓집에 가서
이모, 삼촌, 사촌 들에게 듬뿍 사랑받고 온 것 같아요.
특히 타미가 서율이에게 차분히
우쿨렐레를 가르쳐주어 함께 반주하고
아이들이 그 멜로디에 맞춰 노래해준 일은
정말 마법 같고 기적 같았습니다.

보석같은 페르마타 하티 아이들은
모두들 영리하고 재주 많고
뭐든 알아서 스스로 잘하는 똑똑이들이라
제가 도울 일이 없어 오히려 아쉬웠어요.

이곳에 가장 필요한 것은

새로운 체험과 수업임을 알게 됐습니다.

하나를 가르치면 열을 배워

그 배움을 스스로 확장하고 서로에게 전수하여

자생적으로 성장하는 영리한 아이들이니

부디 재주 많은 여러 분의 재능 기부가

끊임없이 이어졌으면 좋겠습니다.

한편, 고아원에는 매일 한 차례씩 레고를 배달하러 오시는 분들도 계셨다. 바로 '엄마당' 분들이셨다. 엄마당은 독서와 봉사를 매개로 정기적인 만남을 이어가는 엄마들의 모임인데, 이 모임에서 레고를 모아 발리 아이들에게 전달하기로 결정해주신 바가 있다. 엄마당에 소속된 많은 어머니들이 각 가정에서 더 이상 사용하지 않는 레고를 모아주셨고, 엄마당에서는 이것을 어떻게 운반할 것인지 고민하시다가, 여행 중 '배달 봉사'를 해주실 분들을 찾기로 했다. 이분들이 또 다른 발런트래블러가 되어 매일 페르마타 하티로 레고를 실어 나르고 계셨다. 나는 이분들을 정중히 맞이하고 아이들의 공연 연습을 관람하실 수 있도록 배려했다. 발리로 배달된 레고는 두 박스 정도만 페르마타 하티에 기부하고, 나머지는 발리 시골의 유치원이나 학교에까지 고르게 전달되도록 하는 것이 내 임무였다. 나는 이 역할을 잘 맡아줄, 발리 전역을 커버하는 엔지오를 찾아나설 예정이었다.

엄마당에서 보내주신 물품을 발리 전역에 보내주기로 한
지역 엔지오 '발리 칠드런 프로젝트'의 직원들.
덕분에 1차 발런트래블링 물품은
성공적으로 발리의 시골 학교들에 전달되었으나
2차 발런트래블링 물품은 세관을 통과하지 못했다.
아이들이 너무나 좋아할 물건들이었는데!

내 안에 피어오른
어떤 다짐

크리스마스가 다가왔다. 공연 직전까지도 아이들은 열심히 연습에 참여했고, 나는 악기 연주가 정확할 수 있도록 끝까지 아이들을 도왔다. 안무에 아이디어도 보탰다. 다행히 크리스마스 공연은 모두 성공적으로 끝났다. 아이들은 커다란 박수를 받았고, 총 300만 원에 가까운 공연 수익을 거뒀다. 아이들의 공연 레퍼토리가 점차 더 다양해지고 해가 갈수록 더 큰 인기를 누리는 것은 정말 기쁜 일이었다.

나는 그다지 감성적인 사람이 아니지만, 그럼에도 불구하고 내가 했던 모든 여행, 아니 내 인생 전체를 통틀어 최고의 순간을 꼽는다면, 그건 암바르 밴드 아이들이 하루 숙박비가 500달러나 되는 5성급 사마야 호텔에서 연주를 할 때였다.

암바르 밴드가 완벽하게 연주를 해내자 사람들이 고개를 들고 아이들을 바라보았는데, 바로 그 순간, 그들의 얼굴에 존경심—마치 좋아하는 뮤지션의 공연을 보러간 팬의 얼굴에서 볼 수 있을 법한 그런 존경심—이 어렸던 것이다. 발리의 고아들이 청중들에게 이런 표정을 짓게 했다는 사실, 아마 그 점을 깨닫던 순간이 내가 지금까지 느꼈던 가장 커다란 행복 중 하나였을 것이다. 그들의 얼굴은 내 안에 어떤 마음을 불러일으켰다. 내 일생을 통해 이런 얼굴들을 더 많이 보며 살아가겠다는 다짐.

　같은 시각, 내가 사마야 호텔 공연에 따라가느라 지켜보지 못했던 또 다른 크리스마스 공연에서는 전혀 다른 사건이 발생했다. 그 공연에 따라갔던 아유가, 다음 날 나와 엄마에게 속상했던 일을 털어놓았다.

　"어제 우리 아이들이 B빌라에 공연을 하러 갔었잖아. 그 공연은 짧은 공연이었기 때문에 평소 우리가 부르던 레퍼토리 중에서 발리 동요는 빼고 크리스마스 캐럴만 부르게 되었어. 크리스마스였으니 당연한 선택이었지. 모든 노래가 끝날 때마다 사람들은 기립박수로 아이들을 응원했고, 아이들도 즐겁게 노래했어. 그렇게 즐겁게 공연이 마무리되고 나서, 사람들이 모두 아이들과 사진을 찍었어. 사진을 안 찍은 극소수의 사람들 중엔 B빌라의 주인도 있었는데, 내가 그에게 아이들과 사진을 찍지 않겠냐고 권하자, 뜻밖에도 그가 버럭 소리를 질렀어. 지금 아이들은 모두 영어 캐럴만 불렀는데, 이 아이들은 힌두교도들이다! '고요한 밤 거룩한 밤' 같은 기독교 노래를 연습시키는 것은 아이들의 종교를 뒤바꿔 놓은 짓이다! 이 아이들의 정체성을 왜 네 맘대로 바꾸느냐? 그렇게 막화를 내면서 소리를 지르는 거야."

아유를 잘 알기 때문에, 나는 이내 무슨 일이 벌어질지 짐작할 수 있었다. 아니나 다를까. 아유의 눈물이 화산처럼 폭발하더니 멈출 줄 몰랐다. 나도 그 빌라의 주인을 알고 있었다. 그는 인도네시아의 수도인 자카르타에서 에이즈를 연구하는 유명한 미국인 의사인데, 휴가철에만 발리로 돌아와 자신의 빌라에 머물렀다. 고아원에 있는 두 명의 아이들을 후원하고 있기도 했다. 그가 평소에는 고아원에 도움을 주는 입장이었기에, 나는 어젯밤 그가 술에 취했던 것이 아닐까 판단했다. 하지만 스무 명 정도의 사람들 앞에서 아유에게 소리를 질렀고 용납될 수 없는 방식으로 행동했기 때문에 조치가 취해져야 한다고도 생각했다. 아유는 이번 사건 때문에 자신감을 잃은 듯했다.

"중빈, 우리가 영어 노래를 부르는 게 잘못된 걸까? 공연 레퍼토리에서 빼야 하는 걸까?"

나는 대답했다.

"보통 하나의 아이디어가 나오면 100명 중에 50명은 좋다고 하고 50명은 싫다고 해요. 거기에 10명이 마음을 바꿔서 60:40이라는 숫자가 나오면, 그 아이디어는 좋은 아이디어예요. 하지만 지금처럼 99명이 당신의 아이디어를 좋다고 하고, 1명이 싫다고 하면 그건 믿을 수 없을 만큼 좋은 아이디어고, 그걸 실천하지 않는 게 이상한 거예요. 당신과 아이들은 잘하고 있어요."

아이들과 공연 준비를 하면서, 나는 언제나 이 아이들이 발리의 아이들로서 자신들만의 고유한 문화적 정체성을 유지해나가기를 그 누구보다 더 바랐다. 그래서 구하기 쉬운 '신데렐라' 같은 대본을 놔두고, 직접 힌두 신들이 등장하는 연극 대본 '브라마의 또 다른 세상'을 써서 아이들과 연극을 만들었던 것이고, 음악 공연을 준비할 때면 앙클룽 같은 발리의 전통 악기와 민속 동요가 프로그램 안에 포함되도록 하는 것을 잊지 않았다. 하지만 동시에, 나는 이 아이들에게도 동시대의 흐름을 배우고 글로벌한 문화와 매너를 습득할 권리가 있다고 믿는다. 미래에 (대다수가) 관광업에 종사할 아이들로서 영어를 배우는 것은 중요하며, 자신들이 상대하는 고객들이 어떤 문화를 지니고 있는지를 아는 것 역시 중요하다. B빌라의 주인은 왜 이 아이들을 자신들만의 울타리에 가둬 두려 했을까?

아유는 내 말에 위로를 받은 듯했다. 하지만 나는 이 일을 더 잘 마무리하기 위해서 곧 B빌라의 매니저를 찾아갔다. 그는 우선 미안하다는 말과 함께 그 사건에 대해서 유감스럽게 생각한다고 했다. 하지만 나는 나에게 사과의 말을 전하기보다 매니저와 주인이 지금 고아원에서 가서 아유에게 직접 그 얘기를 해야 한다고 생각했다.

"나는 당신이 이 모든 상황을 이해하고 있다고 믿습니다. 하지만 좀 더 분명히 설명하자면, 공연 레퍼토리에 영어 노래가 있는 건 아이들이 초대된 호텔의 투숙객 대부분이 서양 사람들이고, 그들이 어릴 적부터 즐겨 불렀던 노래를 아이들이 불러주었을 때 더 즐겁게 호응하기 때문입니다. 또, 아이들은 영어 노래를 부르며 새로운 문화를 접할 수 있고, 영어 말하기를 연습해 영어 실력을 향상시킬 수 있습니다. 영어는 의심의 여지없이 아이들이 미래에 어떤 직업을 갖든 필수적으로 배워야 하는 것입니다."

매니저는 내 말에 충분히 동의한다고 하며, 자기도 어제 일이 안타까워 주인에게 충분히 비슷한 이야기를 건넸다고 했다. 하지만 이번에는 내 편에서 다소 흥분해서 거기서 말을 멈출 수가 없었다. 수년 전만 해도, 아이들은 공연을 하러 갔을 때 실력 없는 고아들이라고 동정과 무시를 받기도 했다. "우릴 개처럼 취급했어!" 공연을 마치고 돌아온 아유가 분노에 차서 그렇게 말한 적도 있었다. 그런 일들도 있었기에 아이들은, 오늘날처럼 큰 박수를 받고 후한 대접을 받기까지, 수많은 연습을 했던 것이다. 그런데 다시 이런 일이 벌어졌기에, 나는 좀 더 확실히 상황을 매듭짓고 싶었다.

"저는 페르마타 하티 고아원과 B빌라가 지금까지 건강하고 서로 보탬이 되는 관계를 만들어왔다는 것을 잘 알고 있습니다. 하지만 이 관계가 앞으로도 잘 유지되려면, 어젯밤과 같은 행동은 고아원 입장에서 절대 용납할 수 없습니다."

매니저는 잘 이해했다며, 주인에게 다시 한 번 얘기를 잘 전하겠다고 말했다.

다음 날 고아원에 갔을 때, 아유가 나와 엄마를 반기며 손가락으로 무언가를 가리켰다. 거기 꽃다발이 있었다. 아유는 조금 전에 B빌라 주인과 매니저가 와서 사과를 하며 예쁜 꽃을 주고 갔다고 했다. 아유의 얼굴에 평소의 행복한 미소가 되돌아와 있었다. 그제야 조금 일이 마무리된 것 같았다.

아유가 울면 나는 오히려 힘이 난다.
더 나은 방법을 찾기 위해서.
아유가 웃으면 나는 긴장이 풀린다.
내가 잘했다는 걸 알기 때문에.

인상적이었던
수업들을 추억하며

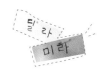

크리스마스 공연이 모두 끝나자, 드디어 발런트래블링 수업이 시작되었다. 결론부터 말하자면, 열두 개의 수업이 진행되었고 고아원은 동네 문화센터처럼 붐볐다. 모든 참가자분들이 페르마타 하티의 하루하루를 축제처럼 환하게 밝혀주셨고 아이들을 축제의 주인공으로 만들어주셨다. 모두가 감사하고 고마운 분들이었지만, 그중에서도 가장 잊을 수 없는 한 발런트래블링 참가자 가족의 이야기를 통해 좀 더 구체적으로 1차 발런트래블링이 어떠했는지에 대한 이야기를 나누고 싶다.

✲

발런트래블링의 첫 수업이 열리는 날! 대구의 고등학교에서 국어를 가르치시는 소영님과 아들 준혁이가 도착했다. 준혁이는 다소 조용한 편이어서, 처음 보는 인도네시아 아이들에게 둘러싸였음에도 그다지 놀라지 않는 것이 인상적이었다. 그에 반해 소영님은 약간 들뜨셨는데, 준비해오신 한국어 수업을 의욕적으로 시작하고 싶어 하셨다.

수업을 위해 소영님은 한글 자석을 가지고 오셔서 고아원에 있던 큰 화이트보드에 붙여가며 쉽게 설명하실 수 있었다. 제일 먼저 한글 이름 써보기부터 시작하셨다. 한글은 창제원리가 과학적이어서 외국인도 배우기 쉽다. 아이들은 종이카드에 자신의 이름을 한글로 써서 셔츠에 옷핀으로 꽂았는데, 빨리 배우는 아이들은 한글에 대한 설명을 듣자마자 자신의 이름을 스스로 한글로 쓸 수 있었다.

수업이 진행되는 동안, 페르마타 하티에서 입양한 유기견 '미스티'가 교실 이곳저곳을 돌아다니기 시작했다. 안 그래도 헷갈리는 외국어 수업에 동물적 다양성까지 가미하면서. 내가 미스티를 교실 밖으로 옮기려 애쓰자, 이 덩치 큰 녀석은 내가 자신을 옮기려는 시도를 쓰다듬는 것으로 생각하고 미소를 지으며 한 발짝도 움직이려고 들지 않았다. 기적적으로 미스티를 한국어 수업에서 해방시킨 뒤 교실로 다시 돌아와 보니, 그사이 어떤 아이들은 한글 자모로 글자를 만드는 법을 이해하여 한글 자석을 이용해 화이트보드에 자신의 이름을 쓰고 있었다. 소영님은 한글을 잘 쓴 아이들 모두와 하이파이브를 하셨다. 이제 누라의 차례였다.

누라, 이 녀석은 좀 설명이 필요한 친구이다. 나와 동갑인데, 대부분의 사람들이 사랑하지만 소수의 나머지 사람들은 질투를 느끼는, 말하자면 그런 유형의 인간이다. 꽤 잘생겼고, 내가 페르마

/
한국어는 못할 수도 있다고 기대해봤건만……
역시 누라!

타 하티에서 처음으로 음악을 가르치기 시작했을 때부터 음악에도 뛰어난 재능을 보였다. 나는 곧 누라가 다른 모든 부분에서 다 재다능하다는 것을 알게 되었다. 학교에서도 1등, 말 그대로 전교 1등을 도맡아 하며, 현재 페르마타 하티의 밴드인 암바르 밴드에서는 멜로디를 리드하는 역할을 맡고 있었다. 기타를 치든, 발리의 전통 피리를 불든 잘하기는 마찬가지이다. 조용한 성품이지만, 어린아이들과도 매우 잘 어울리고, 고아원에서 가장 춤을 잘 추는 인딴에게는 완벽한 남자친구이기까지 하다. 누라는, 당연히, 화이트보드 위에 한글로 정확하게 '누라'라고 써낸 뒤 미소를 지으며 소영님과 하이파이브를 했다.

어느덧 한글 쓰기에 자신감을 가진 아이들은 내가 지난여름에 가르쳐준 세 가지 한국어 표현들을 써보기 시작했다. '집에 가', '큰 애', '작은 애'. 이 세 가지 한국어 표현이 맨 처음 유행하기 시작한 데에는 사연이 좀 있다.

지난여름, 아유는 나와 누라, 데와, 아궁 등 암바르 밴드 멤버들을 덴파사르(발리 남부의 도시)에서 열리는 발리 전통음악 무료 공연에 데려갔다. 덴파사르에 가는 동안 차 안에서, 우리 십대 남자아이들은 서로 알고 있는 영어와 발리어를 총동원해서 약 올리기 장난을 쳤는데, 서로가 모두 아는 어휘를 금방 다 써먹어버렸기 때문에 나는 한국어를 좀 가르쳐주기로 했다. 내가 골라낸 한국말은 큰 애, 작은 애, 집에 가, 이 세 가지였다. 그때부터, 누군가 나쁜 말을 하거나 엉뚱한 행동을 하면, 아이들은 '집에 가!'라고 하거나, '작은 애!'라고 응수했다. 우리는 모두 등을 쫙 펴 최대한 키를 크게 하려고 노력하면서, 자신은 '큰 애'가 되고 다른 애들을 '작은 애'로 만들려고 애썼다. 진짜 정직하게 말하자면, 내가 그 무리에서 제일 키가 '큰 애'인 것은 분명했는데도.

이 세 가지 표현은 금세 더 다양한 방식으로 사용되었다. 만약 두 소녀가 우리 곁을 지나가고 있는데, 그중 한 명이 예쁠 때, 우리 중 한 명이 다른 애들에게 속삭였다.

"야, 3시 방향 봐."

그럼 다른 애가 물었다.

"어느 애?"

"작은 애."

그러고 나서 우린 막 웃었다.

전통 음악 공연이 끝나고 이제 뭘 할 거냐는 나의 질문에 아궁이 이렇게 대답했다.

"집에 가."

아궁의 대답에 우리 모두 엄청나게 깔깔 웃었다. 그날 이 세 가지 표현에 영어를 약간 더하는 것만으로, 우리 남자애들은 거의 7시간 동안 끝도 없이 대화를 계속할 수가 있었다.

한국어 수업에서, 아이들은 이 세 가지 중 가장 먼저 성공적으로 '집에 가'를 완성했다. '작은 애'가 뒤를 이었다. 소영님의 아들 준혁이는 자음이나 모음이 필요할 때 엄마에게 조용
히 한글 자석을 건네는 것으로 수업을 도왔다. '작은
애'와 '집에 가'가 쓰여지는 것을 보고, 준혁이는 '바보'
를 써보자고 제안했다. 당연히 소영님은 그런 단어는 안 된다고 했
지만, 나는 아주 좋은 아이디어라고 생각했다. 쓰기도 쉽고 아이
들도 좋아할 만한 단어니까! 곧 화이트보드엔 '바보'가 써졌다. 눈
에 띌 듯 말 듯, 준혁이의 얼굴에 좀 더 편안해진 표정이 어렸다.

　다음 순서는 게임이었다. 남자팀과 여자팀으로 나뉘어서, 소영
님이 화이트보드에 쓰는 단어를 먼저 읽는 팀이 이기는 것이었다.
제대로 글자를 읽은 사람은 사탕을 받았고, 같은 식으로 다음 단
어를 읽어야 했다. 게임의 승리는 다분히 일방적이었는데, 누라와
부디(또 다른 영리한 소년)라는 무기를 지닌 남자팀이, 화이트보드에
단어가 써지기가 무섭게 읽어버렸기 때문이다.

　남자애들이 사탕에 파묻힐 무렵, 아유가 수업 중이던 방으로 방
문객 몇 분을 모시고 들어왔다. 호주에서 온 가족이라고 소개했는
데 소영님이 게임을 진행하시는 모습을 흥미롭게 지켜보기 시작했
다. 이윽고 소영님은 커다란 박수를 받고 첫 수업을 끝내셨다. 소
영님은 이후 두 번의 수업을 더 하실 예정이었다.

　고아원 아이들은 대부분 관광고등학교를 졸업하고 관광업에 종
사하게 된다. 그래서 단 몇 마디 인사에 불과한 외국어라도 다양
하게 알고 있는 것이 아이들에게는 도움이 된다. 특히 발리는 한
국인들이 많이 오는 관광지이다. 식당에서 한국말로 인사를 건네

는 웨이터나, 프런트 데스크에서 간단한 한국어로 영어를 못하시는 한국 어르신들을 안내하는 직원이 조금이라도 유리할 것이다.

그렇게 발런트래블링의 첫 수업이 끝났다. 아이들이 한국어를 말하는 것을 보면서, 장난으로 말할 때조차도, 나는 기분이 좋았다. 또 이렇게 모든 수업이 수준 높게 진행된다면, 아이들이 곧 더 많은 능력을 가지게 될 것이라는 데에 자신이 생겼다.

두 번째 한국어 수업도 첫 번째 한국어 수업만큼 재미있게 잘 진행되었다. 둘째 날에는 '나비야' 동요를 배웠는데, 준혁이가 바이올린을 가져와 반주를 맡았다. 매일 고아원을 방문하고 있었던, 상하이에서 온 쌍둥이 남매 서준이와 서율이도 그날 함께 한글을 익혔다. 페르마타 하티의 아이들 모두가 '나비야' 가사를 한글로 이해하고 읽을 수 있게 된 뒤에는 소영님이 가사를 한 글자씩 적은 카드를 바닥에 뒤죽박죽 늘어놓았고, 노래 가사에 맞게 글자를 찾아 밟는 게임을 했다. 게임 덕분에 아이들은 한글 노래를 더 쉽게 배웠다.

세 번째 수업은 더 즐거웠다. 이번엔 '동동동대문을 열어라' 노래를 배웠는데, 준혁이가 또다시 바이올린 반주를 맡았다. 이윽고 노래가 익숙해지자 모두 일어서서 '동대문 게임'을 했다. 아이들은 '열두 시가 되면은 문을 닫는다!'에서 잡히지 않으려고 무진 애를 썼는데, 밀고, 달리고, 멈추고, 넘어지면서 거의 아수라장이 되도록 깔깔거렸다. 얼마나 미친 듯이 웃어댔는지, 소영님이 아이들을 진정시키는 데만 한참 걸렸다.

아수라장 10초 전.

수업은 끝났지만,
발런트래블링은 끝이 없다

세 차례의 한국어 수업으로 소영님과 준혁이가 준비한 발런트래블링 수업은 끝이었지만, 사실 그게 끝이 아니었다. 발런트래블링에 참여하는 한국 어린이들 사이에서는 신기한 현상이 일어났다. 첫날 한 번 페르마타 하티에 오고 나면, 다음 날도 꼭 다시 온다는 것이었다. 약속한 봉사 시간이 끝났어도, 페르마타 하티와 이곳 아이들의 유혹을 물리치기 어려운 것 같았다. 아이들은 심지어 자기들이 머무는 럭셔리한 리조트는 지루하다고까지 했다. 준혁이도 마찬가지였다. 세 번째 한국어 수업이 다 끝나고 나서도, 준혁이는 엄마 소영님과 페르마타 하티를 계속 방문했다. 시간이 좀 흐른 뒤, 준혁이의 사연을 알고 나니 그 계속되는 방문의 이유가 이해됐다.

준혁이의 아버지, 즉 소영님의 남편은 오래전 돌아가셨다고 했다. 준혁이 아버지는 젊은 나이에 초고속 승진을 하신 분으로 회사에서는 거의 전설적인 인물이었다고 한다. 그만큼 밤낮으로 일에 몰두하셨는데, 안타깝게도 과로로 인한 심장마비로 돌아가셨다고 했다. 소영님은 선생님이셨기 때문에 여름과 겨울마다 방학이 있었다. 강인한 성격을 가진 그녀는, 이 비극을 이겨내기 위해 준혁이를 데리고 그때마다 여러 곳으로 여행을 떠났다고 하셨다. 이런 준혁이의 어려운 상황에 대해 알게 된 페르마타 하티의 아이들은, 여러모로 자신들과 유사한 상황에 공감하여, 여태까지 내게는 한 번도 준 적 없고, 앞으로도 결코 주지 않을 시선으로 준혁이를 바라보았다.

어느 날 놉파가 준혁이에게 "You, no father?(너, 아빠 없어?)"라고 물었을 때, 준혁이가 고개를 끄덕이자, 놉파는 온 힘을 다해 준혁이를 끌어안았다고 한다. 그 순간 준혁이를 받아들인 것이다. 내가 5년이란 시간을 들여 열심히 노력해 만든 그런 관계 속으로. 그러자 준혁이는 엄마에게 발리에서의 나머지 여행 일정을 다 취소하고 우붓에 머물자고 졸랐다고 한다. 대신 아낀 여행 비용을 모두 페르마타 하티의 아이들과 함께 하는 데 쓰고 싶다고 제안했다.

그렇게 우리는 당일 여행을 기획하게 되었다. 준혁이가 기부한 여행경비, 엄마의 기부, 한국에서 서목님이 보내주신 기부금을 합쳐, 발런트래블링 수업이 없는 날인 새해 첫날 당일 여행을 가기로 한 것이다.

당일 여행은 일종의 소풍 같은 것으로, 아이들과 특정한 장소로 놀러가 다양한 활동을 체험하는 것을 말한다. 이번에 우리는 '파당바이'라는 해변으로 놀러가기로 했는데, 목표는 '블루라군'이란 곳에서 스노클링을 하는 것이었다. 파당바이에 가기 하루 전날,

우리는 한 해의 마지막 밤을 페르마타 하티에서 함께 보냈다. 당연히 다들 한잠도 못 잤다. 큰 아이들은 마지막 날 밤에 공포영화를 보는 것이 재미있을 것이라고 생각했고, 공포영화를 싫어하는 나로서는 정말 죽을 것 같은 밤이었다. 고맙게도, 파당바이는 페르마타 하티에서 꽤 떨어진 곳이어서, 나는 버스에서 새로운 힘을 충전할 수 있었다.

*

다음 날, 우리는 준비된 버스를 타고 파당바이로 떠났다. 파당바이로 가는 버스는 멋진 저스틴 아저씨가 기부해주신 것이었다. 저스틴 아저씨는 우붓의 한 리조트 주인이셨는데, 공짜로 리조트 버스를 빌려 탈 수 있도록 해주는 조건으로, 아저씨도 당일 여행에 함께 하게 해달라고 하셨다.

파당바이에 도착하자마자 우리는 아유가, 대부분의 발리 사람들처럼 적어도 안전 측면에서는 대책을 허술하게 세워놓았다는 사실을 알게 되었다. 구명조끼를 대여할 곳을 전혀 찾아볼 수가 없었던 것이다! 게다가 새해 첫날이었기 때문에, 전날 밤 술을 들이붓지 않은 맨 정신의 어부를 찾아 스노클링 장비를 빌리는 일도 거의 불가능하다는 것을 알게 되었다. 그것은 문제의 시작일 뿐이었다. 40명의 아이들은 지금껏 한 번도 수영 강좌를 들어본 적이 없었다. 구명조끼는 이제 필수였다. 엄마는 사람이라곤 찾아볼 수

116

없는 해변에서 이리 뛰고 저리 뛰며 구명조끼와 스노클링 장비를 구하려고 애썼다. 스노클링 여행을 제안한 것은 다름 아닌 엄마였기 때문이다.

"섬에서 살면서 아직 한 번도 바다 밑을 본 적이 없다니, 이번에 꼭 보여주고 싶어요."

마침내 엄마의 노력으로 다른 아저씨들보다 아마도 조금 덜 취한 것으로 추정되는 아저씨를 찾아내 스노클링 장비를 대여하는 계약이 성사되었다. 우리는 스무 명씩 두 팀으로 갈라서, 차례대로 스노클링을 하는 계획을 짰다. 이렇게 하면 스노클링 장비와 구명조끼를 스무 개씩만 빌리면 되었다.

해변에 이르는 길은 불처럼 타오르고 있었다. 무슨 까닭이었는지 우리는 모두 신발을 벗고 스노클링을 하러 나섰고, 우리의 맨발바닥은 몇 시간째 태양이 달궈놓은 포장도로 위에서 그 멍청한 행동의 대가를 치렀다.

뜨거워진 발바닥으로 해변에 도착한 우리는 먼저 보트를 타고 스노클링을 할 수 있는 곳까지 갔다. 아이들은 신기해하며 장비를 착용했다. 나도 스노클링을 해본 지 꽤 오래되어서 굉장히 기대가 되었다. 파당바이의 물고기와 산호초들은 내 기대를 뛰어넘었다. 스노클링은, 말로 듣는 것보다 직접 해보는 것이 훨씬 나은 멋진 체험이다. 요컨대, 스노클링을 하면 아주 많은 물고기와 산호를 보게 되는데, 물속에서 그것을 직접 보는 동안 굉장한 기분을 느낄 수 있다. 마치 TV로 축구 경기를 보는 것과 경기장에 직접 가서

/
발바닥이 계란 프라이가 되는 순간.

어렵사리 구한 구명조끼를 입고.

/
아스티티와 알라.

스노클링을 마치고 식당에서.
단숨에 쌀국수를 먹어치우고 나서.

보는 것의 차이와 비슷하다.

한참을 즐겁게 놀다 보니, 우리 팀의 나머지 아이들은 그다지 즐겁지 못하다는 것을 깨달았다. 그룹의 막내인 준혁이와 큰 남자아이들은 물속에서 행복하게 헤엄치며 다니고 있었던 반면, 여자아이들은 그렇지 못했다. 구명조끼를 입고서도 겁에 질려서, 죽을 둥 살 둥 보트에 매달려 있었다. 여자아이들 중에서 오로지 타미만이 엄마의 권유로 보트에서 벗어났다. 엄마는 타미의 손을 잡고 타미를 근처 바다로 이끌었는데 잠시 뒤, 타미는 신나게 스노클링을 하고 있었다.

스노클링을 하고 난 뒤에 우리는 점심을 먹으러 갔다. 현지인들이 사 먹는 천 원짜리 쌀국수가 우리의 점심이었는데, 정말 단숨에 먹었다. 어묵도 가득 들어 있었던 그 쌀국수는, 몇 미터 떨어진 곳에서 관광객들을 상대로 하는 식당의 음식에 비해 모자란 점이 있다면 오로지 가격뿐이었다.

식사 후, 나는 해변의 나무둥치에 앉아 쉬면서 바다를 바라보았다. 바다는, 하늘과 달리, 아마도 인간에게 가장 가까운 무한대의 공간일 것이다. 적어도 사람이 체험할 수 있는 무한대. 바다를 바라보면, 누구라도 자신이 이 세상에 극도로 작은 영향만을 미치고 있다는 사실을 진정으로 깨닫게 된다. 우리가 무엇을 이루든지, 결국 파도에 휩쓸려 사라질 것이라는 것도. 이윽고 깨닫는다. "우리는 중요하지 않다."

유일하게 중요할 수 있는 것은, 우리를 둘러싼, 우리 인생에 있어 가까운 사람들에게 중요한 사람이 되는 일뿐이다. 그리고 당신에게 가장 중요한 사람이 갑자기 사라지는 것, 그것은 무한대의 공간에서 벌어질 수 있는 최악의 일일 것이다.

무한대의 공간에서 그런 최악의 일이 누군가에게 벌어졌을 때 그것이 그 누군가의 삶에 미치는 영향은 무엇일까? 나는 모든 행동에 주저하는 듯했지만, 동시에 모두 참여하고자 하는 의지를 보였던 준혁이를 바라보면서 이런 생각들을 했다. 준혁이는 이제 처음 페르마타 하티에 왔을 때보다 훨씬 자주 웃음을 보이고 있었다. 어쩌면 처음으로, 자신의 아버지에 대해 알고 싶어 하지도 않고 아버지의 부재를 가엾게 바라보지도 않는 아이들에 둘러싸인 채, 치유의 시간을 보내면서 말이다.

한국으로 돌아간 지 얼마 지나지 않아, 준혁이가 새로 블로그를 열어 발리 여행 이야기를 쓰기 시작했다는 소식을 전해 들었다. 벌써 용돈 중 10만 원을 다음 여름방학 때 페르마타 하티 아이들과 쓰려고 모아두었다는 이야기도 들었다. 나는 준혁이의 블로그를 찾아갔다. 블로그 메인 페이지엔 세 식구가 환하게 웃는 사진이 걸려 있었다. 솔직히 나는 준혁이가 그렇게까지 환하게 웃는 모습을 발리에서 한 번도 본 적이 없었다. 나는 조용히 마음속으로 준혁이 앞날에 최고로 좋은 일들만 가득하길 바랐다. 그리고 언젠가 페르마타 하티 아이들 속에서 다시 그 미소가 되살아나기를 기원했다.

밤에 커피를 진하게 내렸습니다. 잠들지 않으려고요? 아니, 나를, 좀, 들여다보려고요. JB의 발런트래블링 첫 번째 주자로 한국어 수업을 하고 난 소감을 말해볼까 해요. 처음엔 전혀 이럴(?) 생각이 없었지만, 어느새 단단히 봉인되었던 저의 입술이 열리고 있네요. 오랫동안 내가 나를 들여다보지도, 내가 내게 말을 걸어주지도 않은 채, 건조하게 지내왔는데 말이에요.

처음 JB의 프로젝트에 '손을 들게' 된 이유는 두 번째 우붓 여행을 조금은 색다르게 해보자 싶은 생각에서였어요. 2015년에 처음으로 발리 여행을 했는데 그때 우붓이 정말 좋았던 기억이 있어서 이번에 다시 우붓만 돌아보는 것으로 두 번째 여행 계획을 세웠었거든요. 저에겐 열 살 된 아들 녀석이 하나 있는데 그 녀석에게도 돈 들이는 체험이나 투어보다 마음을 함께할 수 있는 사람들과의 추억을 쌓은 여행이 더 즐겁고 뜻깊다는 것을 가르쳐주고 싶었지요.

그러니까 정말이지 이 여행의 초점은 '상대'를 향한 것이 아니라 '내 아들'을 목적으로 둔, 지극히 개인적이고 사소한 곳에 있었다는 겁니다. 그래서 원래 여행 초반은 페르마타 하티에서의 봉사로 채우고, 나머지 절반의 여행은 지난 여행에서 하지 못했던 투어들로 채우기로 계획하고 갔지요.

그런데 우리는 결국 페르마타 하티에서의 첫 수업 때부터 한국으로 돌아오는 순간까지 그곳에서 발을 빼지 못했답니다. 저는 물론 아들도 페르마타 하티의 아이들에게 홀딱 빠져버렸어요. 나누는 기쁨을 배웠고, 더 나누고 싶었고, 아이들과 더 눈을 맞추고 싶었어요. '더 많이 가진 내가 가진 것 없는 너희들에게 이렇게 많은 것을 베풀러 왔노라'와 같은 가짜 봉사가 아니라, 그곳 아이들과 진짜 '친구'가 되는 기쁨, 스스럼없이 내가 받아들여지고 있다는 고마움, 같은 눈높이에서 서로 손잡고 다정한 웃음을 나누는 평화로움을 느낄 수 있는 진짜 봉사……

그리하여 저와 아들은 진짜 봉사를 체험하고 왔다고 말할 수 있습니다. 봉사는 주는 것이 아니라 주고받는 기쁨이라는 것을, 함께 같은 자리를 지키고 앉아 서로의 마음을 쓰다듬는 따뜻함이라는 것을 알게 되었네요. 처음엔 현금 기부 조금과 한국어 수업으로 재능 기부를 하는 것이 우리 봉사의 전부였는데 말이지요.

준혁이는 약속된 봉사 활동이 끝난 뒤에도 계속 고아원으로 발걸음을 하며 제게 뜻밖의 제안을 했습니다. "엄마, 우리 투어하기로 한 돈은 고아원 가느라 쓰지 않을 거니까 그 돈도 고아원에 기부하고 가면 어때? 투어는 다음에 와서 또 하면 되고. 아니 다음에 와서도 또 기부를 하자. 다음에 와서는 나 마술을 보여줄 거야. 그리고 한국 전통 놀이도 알려줘야지. 바이올린도 더 멋지게 연주해주고. 다음 방학에 또 올 거지? 그치?"

준혁이는 어느새 그곳 아이들에게 돌려줄 즐거움을 위해 자신이 가진 재주를 어떻게 쓸 수 있는지를 고민하고 있었습니다. 참, 기뻤어요. 그래서 마지막엔 투어를 하지 않고 남은 돈을 모두 아유 원장님에게 기부하고 왔더랬지요. 아유도 환하게 웃으며 준혁이 이름으로 기부금 영수증을 끊어서 준혁이 손에 쥐어주었습니다. 돈을 쓰면서 이렇게 기쁠 수 있다니요.

우리는 다음 방학에 또 우붓을 가게 됩니다. 아직 오지 않은 날들에 쓰인 시제가 너무나 당당하게도 현재이지요? 우붓은 사람이 주지 못하는 위로와 휴식을 저에게 줍니다. 우붓의 향기, 냄새, 소리와 공기가 말할 수 없는 힘이 됩니다. 내 속에서 죽었던 무언가가 다시 살아나는 듯, 조용한 움직임이 시작되어요.
그리고 "그러지 않아도 돼, 그러지 않아도 된단다, 그럴 필요 없어"라는 목소리, 누군지 모르겠지만 어느 누군가의 목소리가 깊은 곳에서부터 울려옵니다. 그러니 이 우붓을 어찌 사랑하지 않을 수가 있겠습니까.

저는 지금 싱글맘이랍니다. 해를 넘겼으니 이제 4년 차이군요. 4년 전에 남편은 내 눈 앞에서 심장이 멎었습니다. 흔히들 '돌연사'라고 하지요. 그것이었나 봅니다. 아니, 잘 모릅니다. 다 모르겠고, 다만 분명한 것은 남편이 나와 내 아들과 함께 하지 않고 있다는 것, 남편의 부재만이 확고한 사실로 존재할 뿐이라는 것입니다. 생의 어느 지점까지는 내가 나를 들여다보지 않고, 만나지 않고, '남편의 부재'라는 보따리를 안고 침묵하며 갈 것 같습니다. 언제까지일지 모르겠지만요.

어느 누구의 위로도 원하지 않고, 누군가 위로해주려는 낌새만 보여도 그 위로를 매몰차게 거부하며 침묵의 시간을 걷고 있는 중입니다만, 여기서 이렇게 말하게 되네요. 내가 지금 어쩌고 있는지를 이렇게 잠시 들여다봅니다.

제 이야기의 무게중심은 뒷부분이 아니라 앞부분입니다, 여러분. '페르마타 하티, 봉사, 친구, 기쁨, 그리고 우붓, 그리고 다시 우붓'. 여기에 제 이야기의 방점이 찍히길 바랍니다. '남편의 부재'에 대해 위로도 마시고, 아는 척도 말아주시길. 여러분이 알아주길 전혀 원하지 않으면서도 이렇게 커밍아웃을 하는 이유는 이 코멘트가 빠지면 페르마타 하티와 우붓이 우리에게 주는 의미가 허공에 뜬 공처럼 여러분께 뜬금없이 느껴질 것 같아서입니다. 우리가 페르마타 하티에서 얻은 기쁨과 용기가 '남편의 부재'라는 보따리 때문에 어쩌면 더 컸을 수도 있다는 생각이 드네요. 지금, 이렇게, 혼자 앉아 조용히 나를 들여다보니.

아이들도 충분히 해낼 수 있는
발런트래블링

1차 발런트래블링의 외국어 수업 중에는 한국어 말고도 중학교 1학년생인 단이가 진행한 중국어 수업도 있었다. 단이는 이 수업을 진행한 소감을 매우 훌륭한 리뷰로 남겨주었다. 당시 단이가 큰 아이들과 수업하는 동안, 단이의 동생 린이(아홉 살)는 작은 아이들을 데리고 종이접기 수업을 진행해 최연소 수업 진행자로 등극하기도 했다. 나는 단이의 리뷰가 우리 청소년들에게 봉사활동을 한다는 것의 의미를 잘 말해주고 있다는 생각이 들어 여기에 그대로 옮겨보고자 한다.

안녕하세요! 저는 페르마타 하티에서 중국어를 가르쳤던
올해 열다섯 살 김단이에요.
페르마타 하티에서의 제 이야기를 말씀드리려고 해요.
저는 1월 1일에 발리에 와서 두 번,
각각 한 시간 동안 봉사를 진행했어요.
저는 첫 번째 수업 이후 아이들과 무척 친해져서

페르마타 하티에 몇 번을 그냥 놀러 갔었어요.

두 번째 수업은 아이들과 많이 친해진 후에 진행했던 터라

첫 번째 수업 때보다 편안하고 매끄럽게,

또 즐기면서 했던 것 같아요.

두 번째 수업엔 첫 수업 때 오지 않았던 친구들도 많이 와서

지난 시간에 배웠던 단어 복습부터 했어요.

그다음에는 제가 좋아하는 노래 '스마일 보이'를 함께 배웠어요.

원래는 한국 노래이지만, 제가 중국어로 개사를 했답니다.

원래는 1절을 전부 개사해 갔지만

예상보다 가르쳐주는 데 시간이 많이 걸려 일부만 불렀어요.

멜로디를 익히는 데 오래 걸리진 않을까 걱정했는데

친구들이 노래를 금방 익히더라고요.

제가 진행한 두 번의 수업으로 페르마타 하티 친구들이

중국어를 잘하게 될 거라는 기대는 하지 않습니다.

그러나 이 친구들이 나중에라도 중국인 관광객을 만나게 될 때,

또는 중국어를 배우고 싶다는 생각이 들 때,

저와 함께한 시간들을 살짝 떠올리고 웃으며 추억해준다면

그것으로 저는 충분합니다.

제가 큰 친구들과 함께 중국어 수업을 하는 동안

제 동생 김린과, 아이들에게 줄넘기를 가르쳐준 하진이의 동생 이예주는

어린 친구들과 다른 방에서 종이접기를 했어요.

하티의 어린 친구들은 아직 영어를 몰라서

서로 말이 통하지 않으니, 눈빛으로 대화를 나누지요.

그러다가 시간이 조금 지나면

한국어, 영어, 발리어가 모두 섞이는

신기한 순간이 온다고 엄마가 말씀해주셨어요.

수업을 끝낸 후에는 친구들에게 숙소에서

손수 만들어둔 책갈피를 선물했답니다.

사실 한국에서 짐을 챙길 때는

'에이, 설마 내가 그 애들이랑 친해질까?' 하는 마음에

선물을 챙겨올 생각까지는 하지 못했어요.

그런데 며칠 지내고 보니

이 친구들이 너무 좋고 또 좋아서

작고 볼품은 없지만 정성을 담아

책갈피 선물을 만들었답니다.

'소중히까진 아니어도 버리지만 말아줬으면' 하는 마음으로

친구들에게 선물했는데 나중에 누라의 스쿠터를 살펴보니

스쿠터 열쇠에 제가 준 책갈피가 달려 있더라고요.

진짜 보람도 있고, 감동적이었어요.

(위) 영리한 신시아는 언제나
가장 좋은 자리에 앉아서 가장 눈을 빛낸다.
(아래) 신시아의 동생 아구스 역시
가장 좋은 자리에 앉아서 가장 눈을 빛낸다.
단, 자기가 좋아하는 걸 할 때에만.

저에게 주어진 수업 시간이 모두 끝나고 나서도
저는 우붓에 머무는 동안
페르마타 하티에 거의 매일 갔었어요.
우붓을 관광하는 다른 일정이 있었지만,
페르마타 하티에서 친구들이랑 노는 게
저는 훨씬 더 행복했거든요.

마침내 우붓을 떠나기 전날
아유와 친구들이 우리를 위한 노래를 불러준다기에
음악실로 따라 들어갔어요.

'We had fun but it's time to go home'이라는 노랫말이 반복되고
저는 들으면서 계속 울었어요.
신시아와 누라는 그런 절 보며 계속 울지 말라고 했어요.
"You have to be strong"이라고 하면서요.
노래는 흥겨웠지만 마음은 무척 슬펐어요.
저도 노력했지만 계속 눈물이 나와서 참지 못했고
결국 아유와 신시아를 울렸네요.

우붓에 있는 동안 제가 받은 사랑 잊지 않을게요.
"바이 바이"를 몇 번이나 했나 몰라요.
몇 걸음 떼다 뒤돌아보길 반복, 반복, 반복……

그때 마지막까지 보이지 않아 정말 아쉬웠던 타미가

스쿠터를 타고 우리 앞에 나타나줬어요.

정말 마법 같았어요.

얼굴 보고 갈 수 있도록 때맞춰 와주어 정말 고마웠지요.

신시아는 모두의 선물이라며 꽃다발까지 건네주었어요.

그 꽃다발은 지금 압화로 말리고 있답니다.

꼭 다시 만날 거라고, 다시 오겠다고

마음속으로 한 백만 번은 말한 것 같아요.

떨어지지 않는 발걸음을 간신히 옮겼어요.

가족들과 관광지만 휙 둘러보는 여행과

아유와 하티 친구들이 있었던 이번 여행은

정말 많은 차이가 있었어요.

6개월마다 한 번씩 열린다는 뉴쿠닝의 빅세레머니,

언제나 웃는 얼굴의 소박한 우붓 사람들,

두 시간 동안이나 힘들게 고문을 받은 요가 스튜디오,

오전반과 오후반으로 나눠 학교에 등교하는 아이들,

집앞에 있었던 구멍가게의 아이스크림,

같은 식당을 두 번이나 가게 되는 경험들은

한곳에 머무르며 생활해야만 가능한 일들이었습니다.

엄마는 이곳에 있는 동안 일산 집을 그리워하셨지만
저는 아마도 일산에 있는 동안 내내
뉴쿠닝의 집을 그리워하게 될 것 같습니다.

왜 페르마타 하티 친구들이
그토록 좋았는지는 잘 모르겠어요.
아니, 좋은 데에 굳이 이유가 필요할까요?

페르마타 하티는, 열다섯 살의 저에게
정말 말로 표현할 수 없는 아름다운 추억과
소중한 친구들을 선물해줬어요.
공부에 시달리는 학교 친구들과는 확실히 다른
순수한 감정의 주고받음이 있었던 것 같아요.

또 많은 것을 느끼게 했지요.
제가 하티의 친구들로부터 느낀 수많은 감정들은
제가 주려고 준비했던 것과는 비교할 수 없이 큽니다.

이런 아름다운 모든 일들에 참여할 수 있도록
아이디어를 주신 오소희 작가님, 중빈 오빠
그리고 엄마 아빠에게 정말 감사드려요.

아유와 하티 친구들 모두 다 고마워요.

마투르 쑥쓰무!

('정말 감사합니다'라는 뜻의 발리 말인데

'마투르 쑥쓰무'라고 인사하면

'모할리'[천만예요]라고 대답해줍니다.)

잊지 않을게요. 아니, 잊지 못할 거예요.

한 명 한 명 모두 사랑하고

꼭 또 만나요!

돈을 기부한다는 것의 의미

1차 발런트래블링에서는 물품 기부, 재능 기부 뿐만 아니라 돈을 기부해주신 분들도 여섯 분이나 계셨다. 놀라운 점은, 이 중 네 분이 직접 방문해서 재능이나 물품을 기부하셨던 분들인데도, 떠나실 때 다시 돈을 기부하고 가셨다는 점이다. 아마도 아이들과 시간을 보내신 분일수록 그만큼 아이들과 정이 들어 무언가를 더 주고 싶다는 생각이 드셨기 때문은 아닐까 짐작해 본다.

기부금을 주신 분들 중 정민아님은 직접 발리로 오시진 않았지만, 프로그램이 시작되기 전 돈을 기부하겠다는 의사를 밝혀주신 분이었다. 그런데 1300만 원이라는 거액을 전해주셔서 나도 엄마도 깜짝 놀랐다. 처음에 나는 '이분이 굉장히 부자이신가?'라고만 생각했었다. 하지만 곧 부자인 것과 기부금 액수가 큰 것과는 별 관계가 없다는 사실을 (우리 엄마가 도서관을 짓는 것을 보고) 기억해 냈고, 오로지 아이들의 밝은 미래를 위해 교육비로 쓰이길 바란다는 민아님의 고귀한 의도에 크게 감동받았다.

민아님은 결혼 후부터 조금씩 용돈을 모아 1300만 원을 만드셨다고 했다. 민아님에겐 다섯 살 된 아들, 유찬이가 있었는데 나는 아유와 상의하여 민아님이 기부해주신 장학금 이름을 유찬이 장학금이라고 부르기로 했다.

민아님 덕분에 나도 아유에게 아이들의 대학 진학에 대해 여러 가지 질문을 할 기회를 얻었고, 그로써 새롭게 알게 된 사실들을 혹시라도 민아님과 같은 뜻을 지니고 계실지 모를 다른 분들께도 알려드리기 위해 여기서 공유할까 한다.

페르마타 하티의 아이들은 대부분 관광호텔고등학교를 다닌다. 발리가 관광지이다 보니 가정 형편이 어려운 아이들이 쉽게 취직할 수 있는 곳이 호텔이기 때문이다. 발리에서 고등학교를 졸업하고 취업하면 평생 7~8만 원 수준의 월급을 받게 된다. 갈 수 있는 직장도 좋은 호텔보다는 작은 숙소나 식당이 대부분이다.

하지만 대학을 졸업하면, 좋은 호텔에서 일할 수 있고 월급도 15만 원 수준에서 시작되며 승진하기에 따라 더 오르게 된다. 관광호텔고등학교를 졸업한 뒤 다닐 수 있는 대학으로는 각각 1, 2, 3년제 관광대학이 있다고 한다. 이중 어떤 대학을 졸업해도 승진이나 월급에 있어서는 대졸자로서의 차별이 없다고 했다. 그래서 우리는 1년 학비가 약 140만 원 정도인 1년제 관광대학을 중심으로 매년 두 명씩, 총 열 명의 아이들에게 5년 동안 장학금을 지원하기로 했다. 페르마타 하티의

바로 이 아이가
유찬이

아이들은 아유가 고아원을 맡기 전까지 후원자가 거의 없었다. 아유는 원장님으로 부임한 뒤에 매일 수많은 사람들에게 후원을 호소하는 메일을 보냈고, (나와 엄마를 첫 방문 때 반겼던 것처럼) 적극적으로 방문객을 맞이하였기에, 지금은 아이들 전원에게 후원자가 있다. 하지만 대부분의 후원자는 아이들이 고등학교를 다닐 때까지만 후원을 한다. (가끔은 대학교까지 후원을 해주시는 분도 있지만) 그래서 지난 4월, 12학년 아이들이 고등학교를 졸업했을 때 아유는 먼저 이 아이들의 후원자에게 아이들을 대학까지 지원해줄 의사가 있는지를 물었다고 한다. 후원자가 어렵겠다고 대답한 아이 가운데 대학에 갈 자격이 되는 아이 두 명을 추려 아유가 5월에 내게 연락을 주었다. 첫 번째 유찬이 장학금의 수혜자는 밀라와 메가였다.

나는 엄마와 상의하여, 유찬이 장학금 후보자 가운데 양쪽 부모가 모두 안 계신 아이, 공부를 계속하고 싶어 하는 아이, 성적이 좋은 아이, 후원자와 영어로 소통이 가능한 아이 순으로 선발하여 가장 기준에 맞는 아이에게 첫 장학금을 지급하기로 했는데, 그렇게 뽑힌 아이가 밀라와 메가였다. 둘 다 아버지가 안 계셨고 우수한 성적을 지닌 학생들이었다.

그런데 뒤늦게 메가의 후원자가 메가의 대학 학비를 지원해주시겠다고 해주셔서, 최종적으로 밀라에게만 유찬이 장학금이 지급되었다. 밀라는 민아님과 편지를 주고받을 수 있으며 민아님 가족은 언제라도 발리를 방문하실 때 밀라와 즐거운 시간을 보내실 수 있다. 단 1년의 학비 지원만으로 누군가의 인생을 바꿀 수 있다는 것은 매우 드물고 의미 있는 일이다. 열 명의 아이들 인생에 거대한 변화를 주기로 결심하신 민아님, 유찬이 어머니께 다시 한 번 감사드린다. 1차 발런트래블링을 통해서, 페르마타 하티의 아이들은 새로운 사람을 만났고, 새로운 선물을 받았고, 새로운 것을 배웠고, 새로운 곳에 가서, 새로운 체험도 할 수 있었다. 가족 여행을 떠난 한국의 아이들도 마찬가지였다. 새로운 사람을 만났고, 새로운 것을 배웠고, 새로운 곳에서, 새로운 체험을 했다. 서로 배운 내용도 다르고, 새로 체험한 것의 내용도 다르지만, 중요한 것은 서로 만나서 각자에게 필요한 것들을 주고받았다는 것이다. 무엇보다 그 과정에서 우정이 싹텄다는 점은 두말할 것도 없이 중요하다.

2017년 봄, 유찬이 장학금으로 탄생한 페르마타 하티 출신 첫 번째 대학생 밀라가 민아님께 다음과 같은 편지를 썼다. 밀라는 대학에서 메이크업 수업을 들은 날, 예쁘게 화장한 얼굴을 사진으로 찍어 함께 보냈다.

©Ayu

1차 발런트래블링을 마치며

1차 발런트래블링이 성공적으로 끝난 뒤 나는 블로그에 발런트래블링을 응원해주신 분들께 그간의 활동을 정리하고 감사를 전하는 편지를 썼다.

'발런트래블링'이란 프로그램을 처음으로 구상한 지 몇 달이 지났고, 지난 3주간 이것을 운영했습니다. 이 프로젝트의 규모가 점점 커지면서 제 기대를 넘어섰을 뿐 아니라 제 능력도 넘어서서, 제가 모든 것을 샅샅이 챙기지 못한 점도 있었을 겁니다. 그러므로 만족스럽지 못하셨다거나 불완전하게 진행된 측면이 있었다면 먼저 사과드립니다. 그 부분은 다음 발런트래블링에서 참가자분들이 좀 더 만족스러우시도록 제가 노력하고 개선할 지점이 될 것입니다.

이번 겨울에 발런트래블링에 참여하신 분들께는 가장 큰 감사의 말씀을 전합니다. 여러분 한 분 한 분이 이 프로젝트에 여러분만의 가치 있는 방식으로 각자 특별한 기여를 하셨습니다. 분명 페르마타 하티를 방문하시고 그들의 삶을 경험하시며 아이들이 자신의 삶과 어렵게 투쟁하는 것을 보는 것은 슬프지만 동시에 대견한 일이기도 했을 겁니다. 여러분의 기여는 아이들 모두에게 큰 도움이 되었습니다. 앞으로 이러한 도움이 계속 이어지기를 바랍니다.

프로그램이 운영되는 동안 우리는,

(고아원 안에서)
- 미술, 중국어, 한국어, 그림책 만들기, 성악, 바느질 등의 수업을 진행했습니다.
- 다음 봉사자가 수업을 이어갈 수 있도록 수업 일지를 남겼습니다.
- 안무를 만들거나 공연을 준비했습니다.
- 몇몇 아이들을 새로운 정기 후원자와 연결했습니다.
- 후원금으로 당일 여행을 다녀왔습니다.
- 기부 물품을 나눠가졌습니다.
- 대학 장학기금을 만들어, 앞으로 5년간 매년 두 명이 대학에 갈 수 있게 되었습니다.

(고아원 밖에서)
- 판티 아수한 고아원을 방문하여 엄마당에서 기부한 레고를 청각 장애 청소년들에게 전달했습니다.
- '발리 칠드런 프로젝트'라는 엔지오 담당자와 만나, 앞으로 발리

칠드런 프로젝트 편으로 레고를 지속적으로 전달하기로 했고, 발리 칠드런 프로젝트에서는 이를 발리 전역의 유치원과 학교 등지로 보내줄 것이라고 약속했습니다.

프로그램 운영자로서 저는,

(고아원 안에서)

- 제가 그동안 고아원에서 해온 음악 프로젝트에 대해 설명드렸습니다.
- 고아원의 위치와 연락처를 공유했습니다.
- 봉사자께서 어떤 도움을 주실 수 있을지를 상의했습니다.
- 잠재적인 봉사자들과 연락해서 봉사가 가능하신 일정을 조정했습니다.
- 아유 원장님께 각각의 봉사 내용을 전달하고, 그러한 봉사 활동이 가능한지를 묻고, 고아원에 없는 수업 준비물에 한해 봉사자께서 직접 준비해오실 것을 부탁드렸습니다.
- 봉사자들께 아이들이 꼭 필요로 하고 고마워할 물품을 추천드렸습니다.
- 일부 기부자분들께는 통관을 위한 봉사 증명 편지를 보내드렸습니다.

(고아원 밖에서)

- 엄마당과 소통하며 레고를 모으는 일과 보내는 일에 대해 논의 했습니다.
- 발리의 규모 있는 여러 엔지오에 레고를 보내는 일에 대해 문의 메일을 보냈습니다.
- 발리 칠드런 프로젝트와 엄마당 사이의 지속적인 소통을 맡았습니다.

위에서 열거한 일들의 진짜 의미는 참여하셨던 분들이 보여주신 몇몇 사례에서 더 잘 드러납니다. 예를 들어, 한 봉사자께서는 관광보다 고아원에서 시간을 보내는 것이 좋겠다고 생각하셨습니다. 그렇게 아낀 관광 비용을 고아원에 기부하셨고 그 돈으로 우리는 그분과 함께 당일 여행을 갈 수 있었습니다.

이 이야기는 드문 이야기가 아닙니다. 자녀를 동반한 다른 봉사자분들께서도 관광을 포기하시고 고아원 아이들과 많은 시간을 보내셨습니다. 아이들은 첫날에는 쑥스러워했지만, 둘째 날에는 대부분 먼저 부모님을 설득해서 고아원에 오곤 했습니다. 즉, 아이들은 반짝반짝 잘 꾸며진 수영장이 있는 리조트보다 고아원에 더 끌렸다는 이야기입니다.

이렇듯 모든 분들의 적극적인 참여로 다양한 봉사 활동에 대한 아이디어들이 나왔고, 이 프로젝트의 의미도 더 확장되었습니다. 모든 분들이 봉사자로 시작하셔서 친구나 가족으로 발전하신 것은,

개인주의적이고 고립된 생활을 하는 한국인들에게는 당연한 변화였다고 생각합니다.

무엇보다, 이 변화가 가능했던 것은 페르마타 하티의 아이들 덕분이었습니다. 매일매일, 특별히 다른 노력을 하지 않고도, 우리는 신뢰를 기반으로 하는 공동체, 내적으로 튼튼히 엮여서 모든 행동이 모든 구성원에 대한 배려 속에서 이루어지는 공동체를 보며 배울 점이 많았습니다.

저와 말씀을 나눴던 한 봉사자분께서는 "주는 것으로 시작했지만 어쩔 수 없이 훨씬 더 많이 받아간다"고 이야기하시기도 했습니다. 이것은 봉사자분들의 말씀일 뿐만 아니라, 운영자인 저의 이야기이기도 합니다. 저의 페르마타 하티 방문은 더 이상 봉사 활동이 아닙니다. 오히려 고향을 방문하는 의식에 가깝습니다. 새로운 봉사자분께서 이 의식을 통해 아이들을 만나고 감사의 선물을 받으셨다고 고백하실 때마다 저는 그 모습에서 제 모습을 발견합니다.

사실 이제는 제가 페르마타 하티의 아이들이 있는 방으로 들어갈 때 몇몇 아이들이 고개도 들지 않습니다. 고개를 들어 저를 보는 아이들조차 다른 아이들이 들어올 때와 똑같은 시선으로 저를 쳐다보지요.

페르마타 하티는, 아니, 어쩌면 모든 고아원이, 각 구성원에 대한 완벽한 신뢰와 열린 마음으로 유지되는, 화합의 단체일 겁니다. 다른 어떤 단체보다 구성원들 대다수가 크나큰 상실을 경험했고 그래서 완전히 마음을 열고 자신의 삶을 의지할 수 있는 사람이 외부에는 적기 때문에, 구성원끼리 가장 서로 친밀할 수밖에 없는 것입니다. 말하자면, 고아원은 더 많은 식구가 있는 가족과도 같습니다. 내가 이 가족의 구성원이라는 것, 다른 아이들이 자기 가족을 대하는 것과 똑같이 나를 대하고 있다는 것, 이러한 사실을 느끼는 것은 너무나 감사한 일이자, 제가 고향을 방문하는 의식처럼 계속 페르마타 하티를 방문하게 되는 이유입니다.

2016년 겨울 1차 발런트래블링은 상상 이상의 성공을 거두었습니다. 모든 참여자분들께 그리고 무엇보다 페르마타 하티 고아원 아이들에게 가장 큰 감사의 인사를 전합니다. 모쪼록 2017년 여름, 2차 발런트래블링에서 다시 뵐 수 있길 바랍니다.

PART 4

이어나감

: 2차 발런트래블링 보고서

두 번째를 맞이한
발런트래블링

시간은 쏜살같이 흘러갔다. 1차 발런트래블링이 끝난 뒤, 나는 고등학생이 되었다. 고등학생 과정은 중학생 때와는 완전히 다른 마음가짐으로 임할 수밖에 없었다. 나는 한국에서 태어났지만, 입시 위주의 교육에 회의적인 부모님 밑에서 자랐기에 고등학생이 되도록 바이올린을 배울 때 빼고는 학원에도 가보지 않았고, 문제집조차 구경해본 적이 없었다. 당연히 공부에 치인 적도 없었다. 너무 치인 적이 없는 것이 문제라면 문제겠지만, 긍정적으로 생각해본다면, 그랬기 때문에 이제부터는 열심히 공부할 에너지가 비축되어 있다는 뜻이기도 했다. 나는 그 에너지를 꺼내서 쓰기 시작했다.

미세먼지가 가득한 봄날, 가끔씩 아유와 안부 메일을 주고받을 때면, 아유는 미라와 삭망처럼 작은 여자아이들이 만든 예쁜 카드를 사진 찍어 함께 보내주었다. 컬러풀한 꽃들을 가득 그리고서 'JB, I miss you'(중빈, 네가 그리워), 'We love you'(우리는 너를 사랑해) 같은 말들을 적은 페르마타 하티 여동생들의 카드는 바쁜 학교 생활의 틈바구니에서 언제나 작은 기쁨과 휴식이 되어주었다.

그런 카드가 띄엄띄엄 다섯 번쯤 도착하고 나니, 어느덧 5월. 한국의 휴가철을 앞두고 슬슬 2차 발런트래블링을 준비할 시간이 다가와 있었다. 발런트래블링을 준비한다는 것은, 학생으로서 기말고사 준비 외에도 발런트래블링 프로그램과 관련된 일들을 엄청나게 처리해야 함을 의미했다. 뿐만 아니라 드디어 쉴 수 있는 방학이 되면 발리로 달려가 프로그램을 진행해야 한다는 뜻이기도 했다. 물론 아이들과 만날 수 있다는 생각을 하면 이 모든 노력이 충분히 감수할 만한 것이 되곤 했다. 나에게 페르마타 하티의 아이들은 봉사, 일, 기쁨, 보람, 휴식…… 그 모든 것이었다.

　2차 발런트래블링을 준비하며 특히 다행이었던 것은, 진행을 도와주실 분이 나타나 주셨다는 것이었다. 1차 발런트래블링을 준비할 때, 발런트래블링 운영에 함께 해주실 분을 찾는다는 글을 블로그에 남긴 적이 있었다. 그때 감사하게도 손을 들어주신 분이 계셨는데, 바로 혜진님이시다. 2차 발런트래블링을 시작하기 전에 나는 혜진님을 만나 프로그램에 대한 오리엔테이션을 해드리고, 둘이서 역할 분담을 했다. 혜진님은 발런트래블링에 대해 궁금한 점이 있는 분들의 질문에 답변을 달아주시기로 했고, 그렇게 해서 용기를 얻으신 분들이 정식으로 발런트래블링을 신청하시게 되면, 그때부터는 내가 고아원과 그분들 사이에서 소통을 맡아 현지 진행까지 완수하기로 했다. 평소 발런트래블링 프로젝트를 관심 있게 지켜보셨던 혜진님은 빠르게 자신의 역할을 이해하셨고, 덕분에 나는 훨씬 든든한 마음으로 준비해나갈 수 있었다.

2017년 여름 발런트래블링 봉사 내용

2017년 5월부터 약 두 달에 걸쳐 2차 발런트래블러를 모집했다. 최종적
으로 확정된 2차 발런트래블링 참가자들의 참가 내용은 다음과 같았다.

❶ 희봉님과 현서(13세): 레고 수업 및 레고 기부, 한국 음식 기부, 아
동 정기후원

❷ 선아님 자매: 메이크업과 네일아트 수업 및 화장품 기부

❸ 상우(13세): 클라리넷 기증 및 개인레슨 수업

❹ 연수님: 팔찌 만들기 및 파전 만들기 수업

❺ 지휴님: 자신의 꿈 말하기 수업

❻ 가영님과 윤준·지오: 치위생 교육 및 치과 검진, 칫솔과 치실 기
부, 치과 치료비 기부

❼ 민아님: 북클럽 진행을 위한 책과 CD 2박스 기부

❽ 경옥님: 한국 전통 가옥 만들기 3D 퍼즐 1박스 기부

❾ 미영님: 한국 전통 놀이 수업

❿ 순미님과 쌍둥이 아들, 친정 어머님: 데이 트립 비용 기부 및 참여

⓫ 현아님: 1차 발런트래블링 때 진행하신 그림책 수업의 결과물들을
모은 책, 『Who We Are(우리가 누구냐면)』 기획

⓬ 아름님: 『Who We Are』 편집

⓭ 리영님·광석님 부부: 『Who We Are』 디자인

⓮ 『Who We Are』 제작비 마련 크라우드펀딩에 참여한 81분의 후원자

⓯ 정현님과 연두(8세): 한국어 수업

⓰ 엄마당: 레고, 수영복, 에코백 등 물품 기부

⓱ 선아님: 직접 만드신 머리핀 기부

⓲ 오중빈: 컴퓨터 수업

⓳ 오소희: 북클럽 책 읽기 수업

⓴ 혜진님: 발런트래블링 참여자분들 오리엔테이션

©Ayu

7월 여름방학을 맞아 내가 발리로 출발하기 전, 쌍둥이 아들들과 친정 어머님까지 삼대가 움직이셨던 순미님 가족은 이미 여행 일정에 맞춰 페르마타 하티의 아이들과 데이 트립을 다녀오신 상태였다. 선아님 자매의 메이크업 수업과 초등학교 6학년생 상우의 클라리넷 수업도 나 없이 무사히 잘 끝났다. 상우는 클라리넷 두 대를 가져와 수업을 한 뒤 한 대를 기증할 예정이었기 때문에, 나는 상우에게 악기의 개수와 특성상 고아원의 모든 아이들을 대상으로 하기보다는 한두 명의 아이에게 개인 레슨을 해주는 방법을 권했다. 그 결과 배운 것을 오래 기억하고 연습할 수 있는 아이, 즉 음악적 재능이 뛰어난 누라가 대표로 클라리넷 레슨을 받았다.

내가 발리에 없을 때에도, 이렇게 참여자들이 자신의 여행 일정이 허락하는 날 고아원을 방문하여 수업을 할 수 있는 것이 발런트 래블링의 또 다른 장점이었다. 나는 참여자와 아유가 사전에 충분히 소통을 해서 모자람 없이 수업이 가능하도록 준비를 해두었다.

그렇게 이미 2차 발런트래블링은 시작된 것이나 다름없었다. 나는 2차 역시 1차 때와 마찬가지로 그 어떤 사고도 없이 모든 참여자가 페르마타 하티의 아이들과 즐겁고 보람 있는 시간을 보내길 바라며 우붓으로 출발했다.

인상적이었던
수업들을 추억하며

　　2017년 7월, 우붓에 도착한 다음 날 나는 열대의 개구리, 두꺼비, 새들이 떠드는 소리를 들으며 잠에서 깼다. 눈을 뜨자마자 페르마타 하티로 향했다. 미라나 삭망, 데와 아유처럼 작은 여자아이들은 거의 비명에 가까운 소리를 지르며 나와 엄마를 반겨주었다. 망밍이나 신시아의 동생 아구스 같은 작은 남자아이들은 날다시피 내 품으로 와서 안겼다.

　암바르 밴드의 멤버이자 나와 동갑내기 친구들인 아궁과 누라는 호텔에 실습을 나가는 중이어서, 얼굴을 보기가 좀 힘들 거라고 아유가 이야기해주었다. 관광고등학교에 다니는 아이들은 11학년이 되면 호텔이나 레스토랑에서 실습을 하며 우리나라 돈으로약 6만 원 정도의 월급도 받는다고 했다. 이곳 친구들은 그렇게한국 친구들보다 이른 나이에 책임감을 지닌 어른이 되어 가정을꾸릴 준비를 한다. 같은 행성에 사는, 같은 나이의 같은 사람이지만 책임감 면에서 완벽히 다른 상황에 직면하게 되는 것이다.

　2차 발런트래블링의 첫 수업은 연수님과 지휴님이 이끌어나가셨다. 두 분 다 대학생이셨는데, 연수님은 색실을 준비해오셔서 아이들에게 팔찌 만드는 법을 가르쳐주셨고, 한국 요리 수업을 하며 파전 만드는 법도 알려주셨다. 지휴님은 아이들에게 자신이 꿈꾸는 미래에 관해 말하는 시간을 갖도록 이끌어주셨다. 무엇보다 아이들에게 꿈의 중요성을 강조하기 위해 지휴님이 들려주신 이야기가 감동적이었다.

"나는 고등학교 때 110킬로그램의 비만이었어. 그때 나는 내 인생을 바꿔야겠다는 꿈을 갖게 되었고, 그것을 위한 일들을 실천하기 시작했어. 어떻게? 매일 뛰기 시작했지. 처음 며칠은 100미터를 뛰는 것도 힘들었어. 하지만 멈추지 않고 계속 뛰었어. 계속. 그러자 조금씩 더 오래 달릴 수 있었어. 놀랍게도 몇 개월 후에는 40킬로미터 마라톤도 뛸 수 있게 됐어. 나는, 지금 너희의 꿈이 뭐든, 그 꿈을 계속 마음속에 품고 있는 것이 가장 중요하다고 생각해."

두 번째 수업은 초등학교 6학년생 현서가 준비했다. 현서는 엄마인 희봉님의 도움을 받아가며 레고 마을 만들기 수업을 진행했다. 희봉님은 출발 전부터 어린 현서가 부족함 없이 수업을 이끌 수 있도록 현서와 함께 모의수업도 해보시고, 수업 중간에 생길지 모를 빈틈을 매끄럽게 채우기 위해 폴라로이드 카메라, 간식 등을 충분히 준비해오셨다. 한국으로 돌아가실 때는 페르마타 하티의 한 아이를 정기 후원하기로 결정하신 터라 여러 모로 감사한 인연이었다.

이어서 정현님과 정현님의 딸 초등학교 1학년생 연두의 한국어 수업이 있었다. 연두는 1차 발런트래블링 때에도 엄마와 같이 레고 배달을 왔었는데, 그때는 한쪽에 앉아 언니 오빠들의 공연 연습을 바라보기만 했었다. 하지만 초등학생이 된데다 두 번째 방문이었기 때문인지, 이번에는 엄마가 진행하는 수업에서 의젓하게 조교 역할을 했다. '머리, 어깨, 무릎, 발, 무릎, 발' 노래를 부를 때에는 칠판 앞에서 율동 시범을 보였고, 또래 아이들이 한글로 이름을 쓸 때는 제대로 썼는지 확인해주기도 했다.

다른 프로그램들도 순차적으로 진행되었다. 참가자 모두가 페르마타 하티를 행복과 즐거움이 넘치는 곳으로 만들어주셨다. 한 분한 분 모두가 감사하고 고마운 분들이었지만, 나는 1차 발런트래블링 때와 마찬가지로, 이 중에서 내가 가장 잊을 수 없는 한 가족의 이야기를 통해 좀 더 구체적으로 2차 발런트래블링이 어떠했는지에 대한 이야기를 나눠보고 싶다.

＊

가영님은 여덟 살 윤준이와 일곱 살 지오의 엄마이자 치과의사이시다. 지난겨울 1차 발런트래블링 때에도 페르마타 하티의 아이들을 위해 칫솔과 치실을 큰 박스로 보내주셨는데, 그때 동영상도함께 보내주셔서 그걸 보면서 아이들이 치아 건강에 대해 생각해보는 기회를 가진 바가 있다. 올해는 한 발 더 나아가, 연년생 형제를 데리고 페르마타 하티에 직접 방문하시기로 했다. 치과의사라는 바쁜 일과를 보내야 하는 직업을 가지신데다가, 혼자서 일곱 살과 여덟 살 아이 둘을 데리고 외국까지 오시는 것이 힘든 결정 같아 보이지만, 사실 이번 우붓 방문이 가영님에게 가장 힘들었던 여행은 아니었다고 한다. 엄마가 되기 전, 가영님은 남미처럼 여행 하기 힘든 지역도 두루 다니셨던 분이기 때문이다. 과연 가영님은 두 꼬마와, 선물 가방, 진찰 가방까지 주렁주렁 이끌고 페르마타 하티에 도착하셨다.

아이들은 모두 페르마타 하티 1층에 앉아서 한 명씩 진찰받을 준비를 했다. 사실 60명의 아이들이 모두 올 것이라고 예상했는 데, 아유가 아무리 전화로 설득을 해도 아이들은 치과의사 선생님 이 무섭다며 온갖 핑계를 대고 오지 않아 40명 정도만 진료를 받 았다. 대신 아주 먼 곳에서 이 귀한 기회를 누리기 위해 아빠까지 대동하고 나타난 아이들도 있었다. 물론, 함께 오신 아버님들도 검 진을 받으셨다. 가영님은 준비해오신 진료 차트에 아이들 한 명 한 명 진찰 결과를 적어주셔서 아이들이 그걸 들고 우붓의 치과에 갔 을 때 어떤 치료가 필요한지 알아볼 수 있도록 하셨다.

가영님의 두 형제는 정말 똑같이 생겨서, 난 처음에 둘을 쌍둥이 로 착각하는 실수를 했다. 나의 두 번째 실수는 가영님이 진료 봉 사를 하실 동안 내가 두 꼬마를 내내 돌봐야 할 장난기 가득한 원 숭이들로 예상했다는 것이다. 사실은 정반대였다. 형인 윤준이는 가영님을 돕는 부분에 있어 나보다 나았다. 윤준이는 말없이 앉아 서, 절대 딴짓하지 않고, 인내심 있게 엄마에게 구강거울을 건네서

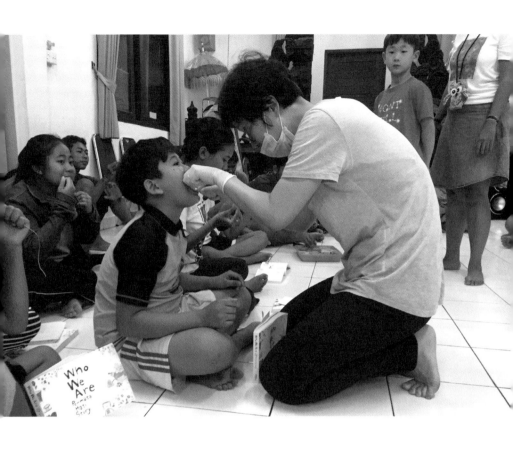

과연 망밍의 입속에도
건강한 치아가 살아남아 있을까?

앞에 앉은 아이의 입속을 엄마가 잘 들여다볼 수 있도록 도왔다. 가영님이 검진을 마치면, 그 거울을 다시 아이에게 건네 아이가 집에 선물로 가져갈 수 있도록 했다. 구강 검진 결과, 가장 영예로운 일은 '건강함'이라는 진찰 결과를 받는 것이었다. 그것은 당장 치아에 아무 문제가 없다는, 그래서 어떤 치료도 받을 필요가 없다는 뜻이었다. 모두들 깨끗한 치아를 지닌 아이들을 부러워했다.

마침내 한 사람도 빠짐없이 진료를 마쳤다. 웬만한 사람들 같으면 지칠 법도 한데, 마흔 명이나 검진하신 뒤에도 가영님은 이내 치아 관리에 대한 프레젠테이션을 시작하셨다. 첫 번째 프레젠테이션은 플라그에 대한 설명이었다. 플라그는 치석이 되기 전까지는 크게 문제가 되지 않는다고 한다. 플라그는 양치질로도 쉽게 제거되지만, 일단 치석이 되면 치과에 가야 한다. 그다음 프레젠테이션은 충치에 대한 것이었다. 충치는 치아를 썩게 하기 때문에 치아 건강에 아주 좋지 않다. 대부분의 사람들은 충치에 일찍 대비하고 싶어 한다. 어떻게? 양치질을 해서! 가영님은 치아 건강에 대한 모든 것을 여기에서 내가 설명한 것보다 훨씬 더 우아하게 설명하신 뒤, 큰 박수를 받고 수업을 끝내셨다.

차분했던 형에 비하면, 의심의 여지없이, 두 명 중 더 시끄러운 역할을 맡은 것은 둘째 지오였지만 지오도 자신만의 역할이 있었다. 지오는 치과 진료 순서를 기다리는 아이들에게 가위바위보 게임인 묵찌빠를 가르쳐주고 놀았다. 묵찌빠 게임을 하는 동안, 지오는 한 번도 흔들리는 모습을 보이지 않아 자신이 엄청 뛰어난

선수라는 것을 입증했다. 지오는 눈에 띄는 모든 사람들에게 손을 내밀며 묵찌빠 게임에 도전했는데, 질 때보다 이길 때가 많았다. 아주 영리했다. 조그만 머리를 옆으로 갸웃하며 상대방의 패턴을 분석하고 세 개 중 무엇을 낼까 결정했다. 묵찌빠 행렬은 하루 종일 계속되었다가, 지오의 옛 어린이집 여자친구가 엄마와 함께 고아원을 방문하면서 딱 멈췄다. 이 '여자 사람 친구'는 엄마와 발리에서 잠시 살고 있었는데, 윤준이와 지오가 발리에 온다는 소식을 듣고 그날 저녁을 함께 먹기 위해 고아원을 찾았던 것이다.

지오는 나와 묵찌빠 게임을 하다가, 돌연 예상 밖의 행동을 했다. 우리가 만난 지 세 시간 만에 처음으로, 완전히 나를 무시하고, 게임을 도중에 멈춘 채, 이 사랑스러운 친구를 만나러 뛰어간 것이다. 가위를 내다 말고, 나는 이 말을 떠올릴 수밖에 없었다. '남자는 여자를 위해 무슨 짓이든 한다.'

그렇게 가영님의 가족과 함께 한 하루가 저물었다. 아이들은 치과 검진이 끝난 뒤에도 오랫동안 거울 앞에 서서 입안을 들여다보았다. 이날의 치과 검진과 프레젠테이션이 아이들에게 치아 건강에 대한 새로운 관심과 필요성을 심어준 것이 분명했다. 양치질 때문에 엄마에게 자주 잔소리를 듣는 편인 나 역시 그 필요성에 대해 새롭게 환기할 수 있었다. 아유는 가영님에게 큰 감사를 표했다. 하지만 이것이 끝이 아니었다. 두 천사 같은 꼬마들과 곧 다시 만날 예정이었기 때문이다. 아이들과 워터파크로 데이 트립을 가기로 했는데, 그곳에 가영님 가족을 초대한 것이다.

색다른 경험의 시간,
물놀이 데이 트립

물놀이의 날은 금방 다가왔다. 목적지는 쿠타의 뉴 워터파크. 유치하게 들릴지 모르겠지만, 나는 이날을 손꼽아 기다렸다. 열 살 때쯤인가 마지막으로 워터파크에 가본 뒤로는 그런 곳에 가본 적이 없었기에, 나는 사람들 앞에서 '워터파크에 가기엔 너무 나이를 먹었어'라는 태도를 짐짓 취하면서도, 동시에 비밀스럽게 워터파크에 간다는 사실에 흥분하고 있었다. 다행히 우붓에서는 아무도 내 나이가 워터파크에서 놀기에 많다고 생각하는 사람들이 없었다. 워터파크는 어른들도 가고 싶어 하는 곳이었으니까!

아침부터 큰 아이들, 작은 아이들 모두 설레며 페르마타 하티에 모였다. 기부받기로 했던 버스 중 한 대가 오지 않는 등 언제나처럼 작은 문제들이 발생했지만, 역시 또 언제나처럼 아유가 부족한 자리를 잘 나누어 앉도록 자리 배정을 하는 식으로 문제를 빠르게 처리함으로써, 출발할 준비를 무사히 마쳤다. 아유는 아이들 모두에게 과자와 귤이 담긴 간식 봉지를 나누어주었고, 동시에 만

일의 사태를 대비한 비닐봉지도 나누어주었다. 지난 번 데이 트립 때 이 비닐봉지가 얼마나 꼭 필요했는지 절감했으므로! 주로 오토바이를 타고 가까운 곳만 다녀본 아이들은, 버스를 타고 멀리 가면 차멀미를 했다. 이제 곧 버스 안은 맛있는 과자 냄새와, 이미 먹은 음식들이 재림하는 냄새로 진동할 터였다.

버스 안에서 작가인 엄마가 '불가능하지만 재미난 믿거나 말거나 이야기'를 시작했다. 그날 엄마의 희생양은 아직 무언가를 의심할 능력이 없는 일곱 살 지오였다. 지오는 캐리어가 말을 할 수 있다는, 매력적이지만 현실에서는 완전히 불가능한 엄마의 이야기에 사로잡혀버렸다. 엄마는 지오가 마법의 여인인 '아카(즉, 엄마)'와 친하다는 말을 캐리어에게 하면, 짐들이 처음엔 부끄러워하지만 결국 지오와 대화를 시작할 것이라는 이야기를 해줌으로써, 지오가 지금까지 쌓아온 세상에 대한 이해력을 조금의 주저함도 없이 무너뜨려버렸다.

지오가 엄마의 얘기에 빠져드는 것을 보면서, 나는 천천히 잠이 들었다. 버스가 쿠타의 뉴 워터파크에 도착했을 때 작은 아이들 중 한 명이 버스에서 내리라면서 나를 거칠게 잡아당겨 잠에서 깨웠다. 아이들은 빠른 인도네시아어로 떠들기 시작했다. 나는 윤준이 지오 형제에게 수영복을 입히라는 임무를 부여받았다.

워터파크에는 인도네시아의 중산층 가족들이 놀러와 있었다. 중산층 가족의 아이들은 모두 완벽한 수영복 차림이었다. 지난번에 파당바이에서 물놀이할 때에는 수영복이 없어서 고아원에서 단체로 왔다는 것이 너무 표가 났는데, 이번에는 그렇지 않았다. 엄마당의 어머니들이 아이들을 위해 수영복을 모아서 보내주셨기 때문이다. 아이들은 아마 수영복 차림의 사람들 속에 섞인 자신들의 수영복 차림이 편안했을 것이다. 다시 한 번 이 자리를 빌려 엄마당의 어머니들께 감사를 드린다.

　물속에 들어가자마자, 물높이가 내 무릎 정도밖에 되지 않는다는 것을 알았다. 이건 워터파크 모험에 대한 내 꿈을 만족시키기엔 정말 부족한 깊이가 아닌가.
　"대체 이 물은……"
　내가 중얼거리고 있을 때 데와가 나를 불렀다.
　"헤이, 작은 애!"
　'작은 애'는 지난 1년간 아이들 사이에서 '망밍' 다음으로 듣기 싫은 말로 진화되어왔다. (망밍은 페르마타 하티 최고의 말썽쟁이다.) 우리는 수시로 실수를 했을 때나 놀릴 때 장난처럼 상대방을 '작은 애'라고 얕잡아 부른다. 그래서 데와가 나를 이렇게 부른 것은 내가 왼쪽에 깊은 물과 대형 슬라이드가 있다는 것을 못 알아챘다는 뜻이었다.
　왼편에는 내가 기대했던 것에 가까운 워터 슬라이드가 있었다. 내 생각보다 훨씬 재미나서 나는 장장 3시간 동안이나 내 또래 남자아이들과 워터 슬라이드를 탔다. 엉덩이가 까질 때까지!
　내 또래의 여자아이들은 좀 더 작은 중형 슬라이드에서 스릴을

만끽했다. 겁이 많은 아유도 엄마당에서 주신 수영복 차림으로 슬라이드에 올라 비명을 지르며 미끄러져 내려왔다. 더 작은 꼬마 여자아이들은 가영님이 준비해오신 비치볼로 윤준이 지오 형제와 공놀이를 했다. 한참 물놀이를 하고 난 뒤에 우리는 점심 식사를 했다. 야채라곤 찾아볼 수 없는, 오직 치킨과 밥뿐인, 너무나 훌륭한 식사였다!!

이윽고 우리는 가루다 비쉬누 문화공원으로 출발했다. 여기엔 내가 태어나서 처음 본 거대한 석상들이 있었다. 그중 하나가 비쉬누 신이었는데, 비쉬누 신은 최고의 힌두 신 가운데 하나로 '보존의 신'이라고 한다. 또 다른 석상은 거대한 닭이었는데, 안내문에 의하면 비쉬누가 타고 다니던 동물이라고 한다. 신을 태우고 다니던 닭 석상에 영향을 받기라도 한 건지, 꼬마 여자아이들이 내게 덤벼들기 시작했다. 나와 닭 사이에는, 여자아이들과 비쉬누 신 사이만큼이나 닮은 데를 찾아볼 수 없었지만, 네 명의 꼬마 여자아이들을 매달고 여기저기 걸어 다닌 뒤에, 나는 닭과 동급이 되고 말았다. 내 몸을 내 의지대로 사용할 수 있는 권리를 전부 잃어버린 뒤, 석상 앞에서 기념 사진 촬영을 하고, 우리는 땀을 식힐 잔디밭을 찾아냈다.

잔디밭은 거대한 직육면체 모양의 절벽들로 에워싸여 있었다. 아유의 설명에 의하면, 이 일대의 땅은 한때 평평한 돌산이었다고 한다. 돌로 이루어진 땅이다 보니 농사짓는 게 불가능해서, 그 옛날 이 땅의 주인은 수없이 땅을 팔려고 시도했지만 잘 안 되었다고 한다. 마침내 말도 안 되게 저렴한 가격에 한 사업가가 이 땅을 샀는데, 이 사업가는 의심의 여지없이 큰돈을 들여 앞에서 말했던 거대한 조각상들을 만들었고, 돌산의 중간중간을 잘라 파내어 지금처럼 절벽들 사이의 공간을 만들었다고 한다.

잔디밭에 앉거나 드러누워서, 우리는 한가롭게 쉬었다. 어린 여자아이들은 꽃을 꺾기 시작했고, 엄마와 내 귀에도 노란 꽃들을 꽂아주었다. (우붓에는 꽃이 매일 너무 많이 펴서, 아무도 꽃 꺾는 것을 나무라지 않는다. 오히려 매일 아침저녁으로 어른들도 꽃을 꺾어 신들께 바친다.) 빨간 꽃을 꺾어 와서 꽃대궁에 있는 꿀을 빨아먹기도 했다.

"와, 나도 어릴 때 사루비아 꽃으로 이렇게 했는데!"

엄마도 아이들과 같이 꽃을 빨았다. 시원한 바람이 절벽 사이의 그늘에서 불어와 우리들 사이를 가볍게 돌아다니는 동안, 태양은 오늘도 밤의 맞수, 달을 찾아 나섰다.

이날 피크닉은 쓰와드님께서 1차 발런트래블링 때 기부해주신 400달러의 기부금으로 가능했다. 쓰와드님, 진심으로 감사합니다!

마지막 치과 진료,
그리고 이별

데이 트립을 다녀온 다음 날, 우리는 음식 파티를 했다. 내가 발리에 올 때 외할아버지께서 "가서 애들과 맛있는 거 사 먹어라" 하시면서 용돈 10만 원을 주셨기 때문이다. 우붓에서 10만 원이면 서른 명이 충분히 먹을 수 있는 음식을 만들 수 있다. 아이들은 장을 봐와서 배가 터질 만큼 엄청난 양의 잔치 음식을 준비했는데, 꼬치 요리인 사테를 비롯해 다른 인도네시아 별미들을 요리했다.

아이러니하게도, 우리는 이 엄청난 양의 음식을 먹기 직전에 치과 검진을 받았다. 물론 이번에도 가영님이 진료해주셨다. 이번 검진은 지난번에 오지 못했던 아이들을 위한 것이었다. 저번에 검진을 받았던 아이들이 치과의사 선생님을 만났지만 하나도 아프지 않았다고 다른 아이들에게 말해준 덕분에 오늘 새로 온 아이들이 있었던 것이다. 검진은 저번과 똑같은 방식으로 시작되었다. 아이들 무리 중에서 이번에는 딱 한 명만 '건강함' 판정을 받았으니, 이로써 이번에 온 아이들이 저번에 왜 안 왔는지가 설명된 것이나 다름없었다.

　가영님은 윤준이가 열이 나는 상황에서도, 끝까지 고아원 아이들의 치아 상태를 하나하나 봐주셨다. 치아에 붙은 플라그를 보여주는 스테이닝 실험도 해주셨다. 이어지는 아유의 끝없는 질문에도 최선을 다해 대답해주셨다. 가영님은 한국 아이들보다 이곳 아이들의 치아 상태가 좋지 않은 것이 치과의사로서 많이 가슴 아프셨던 것 같다. 모든 검진이 끝난 뒤에, 가영님은 페르마타 하티까지 많은 물품을 들고 오시고 재능을 기부하신 것으로도 모자라, 아이들의 치과 치료를 위한 비용으로 300달러를 기부하셨다. 가영님은 아유에게 수줍어하며 말씀하셨다.

　"정말 적은 돈이에요. 하지만 아이들 치과 치료에 썼으면 좋겠어요. 특히 큰 아이들 스케일링에 우선적으로 써주세요."

　"이게 적은 돈이라고요?"

　아유는 매우 기뻐했다.

　치과 검진을 마친 후에 음식 파티가 시작되었다. 남자아이들은 밖에서 불을 피워 엄청난 연기를 내면서 사테를 그릴에 구웠고, 여자아이들은 주방 안쪽에서 반찬들을 만들었다. 한입 먹어보니 굉장히 매운 반찬들이었는데, 한국인 입맛에도 매웠으면 정말 매운 음식이었다. 나는 아이들과 마찬가지로 손으로 음식을 먹었다.

　식사가 끝나고 나서야 어제 아유가 나에게 왜 흰 티셔츠를 입고 오라고 했는지 알 수 있었다. 작은 아이들부터 시작해서, 거의 모든 아이들이 나에게 덤벼들어 내 셔츠에 무언가를 쓰기 시작했다. 흰 셔츠는 금방 아이들 글씨로 채워졌다. 인도네시아어로 쓴 이름, 한글로 쓴 이름, 못생겼다, 잘생겼다, 집에 가, 작은 애, 큰 애, 사랑해, 고마워……. 즉흥적으로 완성된 셔츠는 마치 유명한 패션디자이너가 만든 값비싼 셔츠 같았다.

엄마가 말씀하셨다.

"비싼 정도가 아니라 값을 매길 수 없는 셔츠지. 이 세상에 하나뿐인데……."

이런저런 일들이 벌어지는 와중에, 나는 페르마타 하티 2층 방에 감금도 당했다. 작은 아이들의 짓이었는데, 내가 8월 4일에 떠난다는 사실을 알고 있었던 꼬마들이 소나기 같은 선물, 숲을 이루는 편지들, 공장을 턴 것처럼 엄청나게 많은 팔찌를 준비해서, 이것을 다른 사람들 몰래 주기 위해 나를 방에 들어가게 한 뒤 문을 걸어 잠갔던 것이다. 내가 마치 깜짝 선물처럼 4일 대신 12일에 떠나기로 했다고 하자, 조그만 얼굴들이 금세 환해졌다.

엄마와 나는 우붓을 떠나기 바로 전날 일정을 변경하기로 했다. 나는 고1 수험생으로서 많은 의무들이 있었다. 무엇보다 특히 공부를 해야만 했지만—그것도 그냥 하는 게 아니라 많이 해야 했지만— 우리는 그저 페르마타 하티를 너무 사랑했기 때문에 며칠이라도 더 이곳에 머물기 위해 출국 일정을 미루는 결심을 했던 것이다. 그간 내게 벌어진 일들을 한마디로 말하자면 이런 느낌이다. 어딘가에 소속되어 있다는 느낌. 나는 개학 직전까지 이 감정을

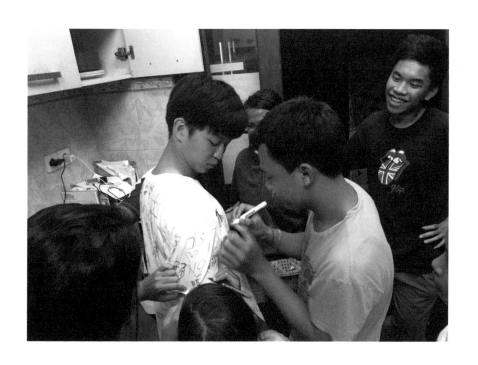

누라는 쓰고 아궁은 웃는다.
사실, 아궁은 웃지 않을 때가 없다.

유지하기로 결심했다. 마침 비행기 티켓을 바꾸는 데 드는 추가 비용도 없었다.

아이들은 이런 사정을 알고 난 뒤 자기들끼리 잠시 토론을 거친 끝에, 그래도 그냥 이별 선물은 이날 줘버리자고 결정한 모양이었다. 아이들이 건네준 편지를 보니 조금 긴 편지들은 페르마타 하티를 방문한 영어 수업 자원봉사자가 고쳐준 것 같은 흔적이 있었지만, 대체로 아이들의 영어는 많이 향상되어 있었다.

We'll never forget you.

(우리는 너를 절대 잊지 못할 거야.)

Thank you JB, You are the best I will miss you.

(고마워 JB, 우리는 널 최고로 그리워할 거야.)

I really love you JB and Sohi.

(우리는 JB와 소희를 정말 사랑해.)

Thank you for supporting and teaching us.

(우리를 도와주고 가르쳐줘서 고마워.)

You give us the best, you are the best.

(넌 우리에게 최고의 것을 주었어. 넌 최고야.)

After you leave we will miss you.

(네가 돌아가고 난 뒤, 우리는 널 그리워할 거야.)

단지 우리와 함께 있다는 것만으로도 아이들이 얼마나 좋아하는지를 두 눈으로 확인하는 것은 정말로 가슴 따뜻해지는 일이었다. 나는 그때 스스로도 놀랍게도, 처음으로, 여기서 정말 살면 어떨까 하고 깊이 생각해보았다. 바로 이 아이들과 함께.

식사를 마친 뒤, 가영님은 고아원을 떠나야 했다. 아유는 가영님의 봉사에 진심으로 감사했고, 두 형제에게 페르마타 하티의 이름이 쓰인 전통 부채를 선물했다. 가영님 가족은 돌아갔지만 나의 밤은 끝나려면 아직 멀었다. 나는 음악실로 가서, 데와와 아궁과 즉흥 연주를 시작했다. 그날 밤의 레퍼토리는 대부분 모두가 알고 있는 곡들 중에서 골랐지만, 어떤 곡들은 한쪽만 아는 것도 있었다. 어떤 노래들은 들어봤긴 했지만 누구도 제대로 안다고 할 수 없는 곡이었다. 그래도 연주는 어떻게든 계속되었다. 함께 연주하면 할수록, 멜로디 속에 푹 잠겨서, 여기서 이들과 함께 살면 어떨까 하는 생각들이 다시 내 마음속에 피어오르곤 했다.

고아원에서 숙소로 돌아오는 길, 우거진 나뭇잎들 사이로 올려다본 달은 언제나처럼 환하게 밝았고 셀 수 없이 많은 별들이 검은 하늘에 흩어져 반짝거렸다.

저는 소희 언니의 오랜 팬입니다. 10년이 훌쩍 넘는 기간 동안 팬이었네요. 결혼 전, 언니와 중빈이의 여행기를 읽으며 결혼하고 아이들을 키우는 삶을 기대하며 기다렸고, 결혼하고 아이들을 낳고는 언니의 책과 블로그의 글을 읽으며 그 속의 지혜들을 밑거름 삼아 아이들을 키워왔어요.

결혼 전 배낭여행을 몇 번 떠나보았던 저는, 언니의 글을 읽으며 나의 아이들과 같이 하는 여행을 꿈꿔오기도 했습니다. 하지만 결혼하고 연달아 두 명의 아들을 낳아 키우며, 또 일도 하다 보니 그런 꿈을 가지고 있었다는 걸 어느새 잊고 있었더라고요. 어린 두 아이들과 일하는 와중에 휴가를 내어 떠나는 여행은 짧았고, 아빠도 엄마도 쉼이 필요했으므로, 어느 리조트에서 한가롭게 맛있는 것을 먹으며 수영하다, 바닷가에 잠시 나갔다 하는, 그냥 그 나라에 가긴 갔지만 리조트 밖의 세상은 알기 힘든, 그런 여행들을 했답니다. 물론 그 여행들이 싫었던 것은 아니었지만, 뭔가 허전하고 아쉬움이 남았어요.

그러다 어느새 큰아이가 일곱 살, 둘째가 여섯 살이 되었고 마침 그 때 쌍둥이 아들들과 열심히 여행 다니시는, 같은 숲 유치원에 아이들을 보내시는 순미님을 알게 되면서(이번에 가족 삼대가 페르마타 하티에 오셔서 데이 트립 봉사를 하셨지요), 제가 잊고 있었던 꿈이 떠올랐습니다. 벌써 아이들이 학교 갈 나이가 되었는데, 꿈꿔오던 시간들이었는데, 그냥 지나가고 있구나 싶었지요. 마음은 조급해졌지만 일을 쉬는 것도 쉽지 않았고, 그사이 첫째는 올해 초등학생이 되었답니다. 그동안 소희 언니는 여러 권의 책을 내시고, 중빈이와 함께 우붓으로 정기적인 여행을 떠나시면서 페르마타 하티 아이들의 이야기를 들려주셨지요. 그리고 중빈이가 작년 겨울부터 발런트래블링을 진행하기 시작했어요.

그곳 소식을 들으며 저도 아이들을 데리고 참여할 수 있기를 바랐는데, 감사하게도 올 여름 살짝 떨리는 마음으로 참여할 수 있게 되었네요. 열흘 정도의 짧은 여행이긴 했지만, 처음으로 아이 둘과 저 혼자 해외로 떠나는 여행이었기에 살짝 두렵기도 했어요. 그렇지만 발런트래블링 덕분에 조금이나마 사람들과 교류하는, 제가 꿈꿔왔던 여행을 할 수 있게 되지 않을까 기대하면서 여행 준비를 했답니다.

*

저는 치과의사입니다. 그래서 제가 페르마타 하티의 아이들에게 도움을 줄 수 있는 부분이라고 생각했던 것은 아이들의 구강 상태를 검사하고 알려주는 것, 그리고 치아를 건강하게 관리하는 것이 얼마나 중요한지 알려주는 것, 그리고 그렇게 하기 위해 올바른 양치질 방법을 알려주는 것이었습니다.

우붓에 도착한 다음날 페르마타 하티에 약속된 시간보다 조금 빨리 도착했습니다. 아이들이 춤 연습하는 것을 조금은 어색하게 지켜보고 있다가, 소희 언니와 중빈이의 등장으로 인사를 나누고 본격적인 구강 검진에 들어갔어요. 아이들을 보니 중빈이의 블로그에서 보았던 눈에 익은 얼굴들이었는데, 한 명 한 명 반가운 인사를 전하기보단 허겁지겁 구강 검진만 한 것 같아 나중에 되돌아보니 조금은 아쉽더라고요.

아이들의 구강 상태는 어느 정도 예상은 했었지만 많이 안 좋았습니다. 물론 관리를 잘 하고 있어서 건강한 치아를 가지고 있는 소수의 아이들도 있었지만, 많은 아이들이 치아우식증을 가지고 있었고, 조금 큰 아이들은 치료를 받다 중단하여 더 상태가 심각해진 치아들을 가진 경우가 많았어요. 또 양치질이 잘 안 되어서 치석이 많은 아이들이 많았습니다.

사실 치과 치료라는 게 치과의사인 저에게도 조금은 두려운 치료이기 때문에, 사람들이 특히 어린아이들이 치과를 무서워하는 것은 너무나 당연한 일입니다. 뭔가 실질적으로 아픈 증상이 있기 전까지는 정기적으로 검진을 받으러 가기 쉽지 않죠. 하지만 증상이 있어서 치과에 내원하게 되는 경우는 이미 충치나 잇몸 질환이 많이 진행된 상태여서 좀 더 빨리 왔더라면, 정기적인 검진을 받으셨더라면 하고 안타깝게 생각되어지는 환자들이 너무 많습니다. 다른 모든 질병들도 그렇겠지만, 특히 치과는 정기적으로 검진을 받는 것이 매우 중요한 것 같아요. 국가가 정책적으로 이러한 정기적인 검진을 시행할 수 있도록 의료체계를 갖추는 것이 제일 좋을 텐데요. 인도네시아는 치과 의료 시스템이 어떻게 되어 있는지 잘 모르겠지만, 페르마타 하티의 아이들은, 구강 상태로 보건대, 아픈 경우에만 치과에 가서 통증을 제거하는 단계까지만 치료받았던 것 같았어요.

구강 검진 후에는 제가 준비해간 파워포인트 자료를 보여주며 가장 흔한 구강 질환인 충치와 잇몸 질환에 대해 설명해주었습니다.
제가 구강 검진을 진행하는 동안 첫째 윤준이는 제 곁을 지키며 절 도와주었고, 둘째 지오는 어느새 형들 누나들 사이에서 열심히 놀고 있더라고요. 두 번째로 약속된 시간이 있었기 때문에, 첫째날 오지 못한 아이들의 구강 검진과 양치질 교육을 다음 시간에 하기로 하고 첫날은 마무리를 지었습니다. 발리에 도착한 바로 다음 날이기도 했고, 검진과 교육을 하느라 정신이 없기도 해서 첫날은 아이들과 고아원을 찬찬히 둘러볼 시간이 없었습니다.

그리고 일요일. 데이 트립에 따라가게 되었습니다. 데이 트립 비용을 기부해주신 분 덕분에 저와 저희 아이들까지 염치불구하고 즐거운 시간을 보낼 수 있었네요. 특히 윤준이와 지오가 누나들과 어찌나 잘 노는지, 깔깔거리며 종일 웃고 있는 페르마타 하티의 아이들과 아들들을 보는 것만으로도 참 행복하고 감사했던 하루였습니다.

*

두 번째 약속된 시간에는 첫 번째 시간에 검사받지 못했던 아이들의 구강 검진과 실제적인 양치질 교육을 진행하였습니다. 이미 두 번의 만남으로 페르마타 하티의 아이들과 친해진 형제들은 이날도 참 잘 놀았습니다. 윤준이는 여전히 검진할 때 저에게 도움을 주었고요. 그리고 이날 저녁 열린 음식 파티에도 참석하게 되었습니다. 음식이 마련되는 동안 아이들은 열심히 뛰어놀기도 하고, 심지어는 실내에서 축구도 했답니다. (거울이 깨질까 봐 엄마는 얼마나 걱정이 되던지요.) 그리고 그날 윤준이, 지오와 신나게 놀아주던 미라, 데와, 삭망, 망아유 등 몇몇 누나들이 예쁜 편지를 주었습니다. 아이들의 마음을 담은 편지를 윤준이가 어찌나 좋아했던지 숙소에서 몇 번이고 꺼내보고 만져보았답니다.

음식이 준비되는 동안 아이들이 정신없이 노는 모습을 바라보다가 그제야 페르마타 하티의 이곳저곳을 찬찬히 둘러보게 되었어요. 그리고 한곳에 놓여있던, 제가 운반을 담당했던 『Who We Are』 책을 다시 읽어보게 되었습니다. 발리로 출발하기 전날 갓 인쇄된 책을 전달받아 짐을 꾸리면서 후다닥 훑어보긴 했었는데, 제대로 읽었던 건 그때가 처음이었어요. 비로소 책 속의 아이들 하나하나의 이름이 살아서 움직이는 것 같은 느낌이 들더군요. 그 후 며칠 동안 숙소에서 잠이 들기 전, 중빈이가 올린 페르마타 하티에 대한 포스팅을 다시 읽으며, 그곳의 아이들을 다시 한 명 한 명 떠올려 보았습니다. 마음이 말랑말랑해지고 괜히 눈시울이 붉어지더라고요. 그동안 직접 마주했던 아이들이 저마다 예쁜 이름과 사연을 가진 한 명 한 명의 소중한 아이들로, 힘들지만 마음을 함께 나누며 따뜻하게 살아가는 사람들로 저에게 다가오는 것 같은 느낌이 들었답니다.

*

저는 어쩌면 여행 내내 한국에서 보내던 삶의 긴장 속에서 완전히 벗어나지 못했던 것 같아요. 페르마타 하티의 아이들을 우붓에 있는 동안 자주 보았지만, 윤준이와 지오처럼, 아이들 틈 속으로 확 들어가 마음을 풀어놓지는 못했던 것 같습니다. 그래서 우붓을 떠나온 후, 페르마타 하티에서 내가 좀 더 마음을 내주는 사람이지 못했던 게 못내 아쉬움으로 남아 있네요.

후기를 올리면서 오랫동안 저에 대해, 제가 살고 있는 모습에 대해 생각해봅니다. 저는 그동안 마음을 나누어주는 데 인색했던 사람이었던 것 같아요. 마음을 나누며 사는 삶을 지향하고 있다고 생각하면서도 실제의 삶에선 그렇지 못했던 사람이었던 거죠. 저란 사람의 속도는 느린데 정신없이 돌아가는 일상에 지쳐 있었던 것 같아요. 그래서 마음을 내어주며 함께 살아가는 삶에 제 수고를 보태는 일을 주저하고 외면하고 있지는 않았었나 생각합니다.

우붓의 푸르른 자연과, 페르마타 하티의 예쁜 아이들과, 내심 기대하고 있었던, 24시간 두 형제와 함께 하던 시간 속에서 그래도 조금 말랑말랑해졌던 마음은 다시 한국으로 돌아와서 며칠이 채 되지 않아 원래의 자리로 돌아와 있더라고요.

그래도 그곳의 맑은 웃음을 지녔던 아이들과, 우붓에서의 소중한 추억을 기억하는 윤준이와 지오, 마음을 아이들에게 흠뻑 나누어주던 아유와 소희 언니, 중빈이를 문득문득 생각하며 힘을 얻습니다.
다른 분들이 후기에서 말씀해주셨던 것처럼, 저도 그곳에서의 시간에 '봉사'라는 말을 붙이기가 제 평소 생활에 비추어 좀 많이 부끄러울 것 같아요. 제가 가진 지식을 조금 나누었을 뿐인데, 아이들과 저 모두 너무 따뜻한 마음을 선물받고 돌아온 감사한 발런트래블링이었습니다. 이런 소중한 기회를 마련해준 중빈군 너무너무 감사하고요. 윤준이, 지오와 함께 다시 페르마타 하티의 아이들을 보러 가는 날을 기다립니다.

PS. 아, 그리고 구강 검진을 하고, 상태만 확인했을 뿐 뭔가 아이들에게 실질적인 도움을 주지 못하는 게 마음에 걸렸어요. 그래서 아이들의 구강 건강에 조금이라도 도움이 되었으면 해서 적은 금액이지만 기부도 조금 하게 되었습니다. 중빈이가 후기를 통해 아이들이 스케일링을 받게 되었다고 해서 많이 기뻤습니다. 혹시 다음에 또 방문할 기회가 주어진다면, 그때는 좀 더 관리가 잘되고 있는, 아이들의 미소처럼 빤짝빤짝한 치아들을 보고 싶네요.

가영님 가족이 한국으로 돌아가신 이틀 뒤, 아유가 환하게 미소 지으며 내게 이야기했다. "어제 치과에 갔어. 스케일링 하는 데 보통 18,000원 정도 하는데, 우리 고아원 아이들에겐 특별 가격으로 13,000원 정도에 해준대! 오늘 오후에 여자아이들 세 명부터 시작하기로 했어." 그렇게 페르마타 하티의 아이들을 위한 또 다른 기회가 열린 것이다. 그로부터 한 달 뒤, 아유는 내게 엑셀 파일을 보내 발런트래블링 참가자들과 공유했다. 8월 2일부터 20일에 걸쳐 스물 다섯 명의 아이들이 스케일링을 받았다는 기쁜 소식이었다.

이현아 선생님과의 인연

  1차 발런트래블링에서 매우 특별했던 활동 중 하나가 대학 장학기금을 만든 것이었다면, 2차 발런트래블링에서 특별했던 활동 중 하나는 아이들에게 책『Who We Are』를 만들어 준 것이었다. 이것에 대해 말하려면, 먼저 나와 이현아 선생님의 오래된 인연부터 설명해야 한다.

※

  2016년 여름, 엄마가 난데없이 물어보셨다. "강의해볼래?" 이에 대해 대답하는 일은 난데없다는 점을 빼고 생각하더라도, 쉽지 않았다. 내가 강의를 한다면, 당황하거나 완전 멋져 보일 두 가지 가능성이 반반이었다. 어떤 강의인지에 대해 설명을 들은 뒤에야, 결정이 조금 쉬워졌다. 강연은 내가 초등학생들 앞에서, 그동안 해온 여행에 대해 프레젠테이션을 하는 것이었다. 강연을 요청해오신 분은 이현아 선생님이란 분이셨는데, 초등학교 선생님으로 학교에서 '그림책 만들기' 동아리를 이끌고 계시다고 했다. 엄마의 설명을 들어보니 다행히 내 강연을 들을 아이들은 큰 아이들이 아니었다. 당시 중학교 3학년이었던 나는 강연 대상이 중학생만 되었어도 내가 그들을 상대로 강의를 할 수 있을지에 대해 의구심을 가졌을 것이다. 하지만 '초딩'들이라는 사실을 알자마자, 강의를 해보는 것이 썩 괜찮겠다는 생각을 하게 되었다.

강의를 듣게 될 아이들은 이현아 선생님의 지도 아래 자신만의 그림책을 직접 창작하는 그림책 만들기 동아리의 아이들이라고 했다. 선생님께서는 그림책 만들기 수업 때 내가 열 살 때 썼던 책 『그라시아스, 행복한 사람들』을 아이들에게 보여주셨다고 했다. 선생님은 그 책을 통해 어린아이들도 자신의 이야기로 책의 저자가 될 수 있겠다는 영감을 받으셨다고 한다. 그리고 그것을 계기로 '그림책 만들기'라는 프로그램을 시작하게 되셨다고 한다. 정말이지 완전 짱이었다.

초등학생들을 상대로 프레젠테이션을 해야 할 날이 왔다. 나는 전장을 향해 나섰다. 프레젠테이션 준비는 조금만 했다. 이 아이들은 나보다 다섯 살이나 어린 친구들이 아닌가. 5년 전 나를 생각해보면 사람이 아니었다. 내가 준비를 제대로 안 한 것에 대한 대가는 곧 치르게 될 예정이었다.

우선 강연에 앞서 이현아 선생님을 만났다. 예상했던 것보다 젊은 분이셨고, 드디어 나와 아이들이 서로 만나게 된 것에 기뻐하고 계셨다. 이현아 선생님은 아이들에게 나를 'JB'라고 소개하셨다. 여러 차례 이야기를 나눈 '그 저자'라고 소개하시는 것으로 보아, 아이들은 이미 나에 대해 완벽한 조사를 마친 것이 틀림없었다. 지금의 나는 당시의 내가 '제대로 준비를 하지 못했지만 완벽한 프레젠테이션을 했다. 그래서 정의가 구현되지 않았다'라고 말하고 싶은 심정이지만, 실제로 일어난 일은 내가 진짜 허점투성이 방식으로 말하고 싶은 것의 반도 전달하지 못했다는 것이다. (그러므로, 정의는 살아 있다!)

그러나 고맙게도, 아이들은 내가 한 강의에 꽤 만족했으며, 심지어 몇몇 아이들은 아주 만족한 것 같았다. 내가 질문이 없냐고 물었을 때 어떤 아이가 첫 질문으로 내 전화번호를 물어봤을 정도였으니까. 그렇게 내 생애 첫 강의가 끝났다. 강의를 마치고 난 뒤, 선생님은 내게 미래 계획에 대해서 물어보셨다. 나는 그 질문에 대한 대답을 그로부터 몇 개월 뒤에야 확실하게 들려드릴 수 있었는데, 바로 '발런트래블링'이란 프로그램을 새로 만들어 진행하기로

©이현아

결심했기 때문이다. 나는 이현아 선생님께서도 발리로 오셔서 그림책 만들기 수업을 하시면 어떻겠냐고 제안했다.

그것이 인연이 되어서 결국 이현아 선생님은 1차 발런트래블링 때 발리에 오셔서 페르마타 하티의 아이들과 그림책 만들기 수업을 진행하셨다.

이현아 선생님의 발런트래블링 후기

커다란 캐리어를 끌고 발리행 비행기에 올랐다. 한국의 어린이 작가들과 함께 창작한 그림책의 영어 번역본과 그림책 창작 수업을 위한 준비물들을 가지고 페르마타 하티의 아이들을 만나러 가는 길. 그림책을 매개로 우붓과 서울의 어린이 작가들이 언어와 나이, 공간을 뛰어넘어 서로의 생각과 마음을 나누는 의미 있는 시간이 되길 바랐던 여정이었다.

우붓에 도착해 먼저 아유 원장님을 만나 영어로 번역해서 가지고 온 한국 어린이 작가들의 창작 그림책을 보여드렸다. 여러 그림책들이 있었지만 페르마타 하티에 직접 왔다가 간 아이들과 작업했던 그림책 『Dream in Permata Hati(페르마타 하티에서의 꿈)』를 먼저 보여드렸다. 처음에는 밝게 웃으시면서 책장을 넘기시던 아유 원장님은 마지막 책장을 넘기면서는 커다랗고 굵은 눈물을 뚝뚝 흘리시며 연신 고맙다고 하셨다. 예상치 못했던 아유 원장님의 눈물이 내 마음에 촉촉하게 스며들었다. 그녀가 책장을 넘기는 손길을 따라 눈으로, 마음으로 그림책을 함께 읽던 그 시간이 지금까지도 내 머릿속에는 슬로 모션 영상처럼 깊게 남아 있다.

*

페르마타 하티의 아이들과 수업을 하기 위해 2층 교실로 올라갔다. 창문으로 햇살이 따스하게 들어오는 방이었는데 막상 들어가서 수업 준비를 위해 이리저리 움직이다 보니 어느새 땀이 뚝뚝 떨어졌다. 그사이 아이들은 하나둘씩 들어와 자리를 잡고 앉았다. 누라, 아궁, 망밍, 타미, 아구스…… 중빈이의 블로그에서 사진을 보며 이름과 얼굴을 연결 지으며 익혔던 아이들이 교실 안으로 들어오니 무척 반가웠다. 아이들이 모두 자리에 앉자 맏형들은 선생님께 집중하라는 신호를 동생들에게 주었고, 순식간에 모두가 나를 향해 시선을 모았다. 나는 한국에서 초등학생 친구들과 창작 그림책을 만들고 번역하면서 여러분을 만날 이 시간을 기대해왔다는 말로 수업을 열었다.

먼저 '은유 거울(image mirror)'에 자신의 내면을 비춰보는 활동으로 수업을 시작했다. 이는 자신을 한 가지 사물에 빗대어 은유적으로 표현해보면서 그림과 글로 자신을 소개하는 것으로, 내가 그림책 만들기와 관계된 어떤 수업을 진행하든 창작에 앞서 꼭 함께 해보는 활동이다. 페르마타 하티의 아이들은 마음을 열고 정말 유쾌하고 즐겁게 자신의 이야기를 펼쳐 보여주었다. 이를테면 아궁은 자신의 이름처럼 산을 좋아한다. 무엇이 되고 싶냐는 질문에 아궁은 핸드폰이 되고 싶다고도 했다. 오늘날 전 세계에 있는 모든 사람들이 그것을 필요로 하고 핸드폰으로 자신이 원하는 모든 것을 할 수 있기 때문이라고 한다. 음악을 좋아하는 누라는 자신을 기타로, 시원시원하고 씩씩한 웃음이 너무도 매력적이었던 타미는 모험하기 좋아하는 여우로 자신을 표현했다.

큰형, 큰언니들이 은유 거울 수업에 한창 몰두했을 그 무렵, 뒤쪽에 앉아 있던 어린 꼬마 아가씨들도 그에 못지않은 열정으로 수업에 참여하고자 애쓰고 있었다. 어린아이들은 영어를 거의 알아듣지 못한다고 했지만, 그럼에도 불구하고 자기 안의 무언가를 열심히 표현해보려고 애쓰는 모습이 기특했다. 수업은 우붓의 날씨처럼 뜨겁게 무르익어갔고 수업에 몰입한 아이들은 의자에서 내려와 하나둘씩 바닥에 주저앉기 시작했다. 아이들은 바닥에 도화지를 두고 그림을 그리거나 의자를 책상 삼아서 그림을 그렸는데, 좁은 책상보다는 오히려 그 편이 더 편안한 것 같았다.

아이들이 무아지경에 빠져 그럴듯하게 자신의 이야기를 펼쳐나가는 동안, 시종일관 호기심 가득한 눈으로 나와 아이들을 바라보던 아유도 어느덧 자신만의 이야기를 써내려가기 시작했다. 아유는 스스로를 이렇게 표현했다. "나는 나무다. 나는 초록을 사랑한다. 나는 이 땅에 있는 모든 것들을 돌봐주고 싶다. 그들을 행복하게 하는 것이 내게도 기쁨이기 때문이다."

그렇게 저마다의 이야기로 꽉 찬 수업이 어느덧 두 시간을 훌쩍 넘어
가고 있었다. 이제 해가 뉘엿뉘엿 넘어가는 시간. 아이들과 내일의 수
업을 기약하고서 첫 번째 그림책 만들기 수업을 마무리했다. 수업이
끝나자 아이들은 누가 먼저랄 것도 없이 책상을 정리하고 빗자루로
자리를 쓸고, 색연필과 종이들과 그림책을 착착 정리해서 교실 맨 앞
에 가져다 놓았다. 이 모습은 확실히 한국 초등학교의 아이들과 달라
서 나는 어안이 벙벙할 수밖에 없었다. 어떻게 하면 선생님이 시키지
않아도 아이들이 자발적으로 이렇게 뒷정리를 내 일처럼 솔선수범하
게 할 수 있을까? 그런 생각을 하면서 끝까지 남아 정리를 도와준 아
이들에게 고맙다고, 멋지다고, 엄지손가락을 추켜세우며 칭찬하면서
첫 수업을 마쳤다. 아유와 아이들과 인사를 나누는 데에도 한참의 시
간이 걸렸다. 수업을 하는 동안은 전혀 피곤하지 않았는데 수업이 끝
나고 나니 피곤함이 물밀듯이 밀려왔다.

*

둘째 날 이어진 수업에서 나는 아이들에게 한 가지 질문을 던졌다.
"나에게 페르마타 하티란?" 이 질문에 많은 아이들은 "마마 아유"라
고 답했는데, 이곳 아이들이 아유를 얼마나 사랑하고 그녀에게 의지
하는지를 느낄 수 있었다. 아궁과 에르미에게 이곳은 '제2의 집(second

home)'이었고, 데와 리스키에게는 '제2의 학교(second school)'였다. '내 삶(my life)'이라고 말한 아이도 있었다. 아이들의 기록을 천천히 둘러보면서 나는 공동체에 대해서, 또 학교와 리더의 힘에 대해서 많은 것을 생각하게 됐다.

페르마타 하티의 아이들과 함께 창작한 그림책 중 내 마음에 가장 깊게 와 닿았던 책은 바로 타미가 쓴 『Wolf Story(늑대 이야기)』였다. 타미는 자신의 책 마지막에 이렇게 썼다. "나는 강하다. 그래서 나는 산을 오를 수 있다. 산을 딛고 설 수 있다." 우붓에 오기 전 중빈이로부터 우연히 타미에 대한 이야기를 들을 기회가 있었다. 무엇을 하든 가장 밝게 웃는, 페르마타 하티의 분위기 메이커인 타미는 어머니의 날 행사를 하면서 한동안 아유의 품에 안겨 쉼 없이 눈물을 흘렸다고 한다. 사실 타미는 부모님이 모두 안 계셔서 큰오빠가 집안의 생계를 책임지고 있었다. 아유는 자신의 품에 안겨 우는 타미의 눈물을 닦아주면서 말했다고 한다. "타미 넌 매일매일 자신의 슬픔과 용감하게 싸워나가는 중인 거야."

자신의 삶과 용감하게 대면하고 씩씩하게 싸워나가기 위해 몇 번이고 되뇌었을 말, '나는 강하다. 그래서 나는 높은 산도 딛고 설 수 있다'는 말. 타미의 그 한마디가 내게로 와서 마음을 적셨다. 우리는 아이들에게 되도록 힘든 산을 만나지 않아야 한다고 말한다. 산을 딛고 일어설 힘을 길러주기보다 어떻게든 산을 피하기 위해 열심히 노력하는 삶을 살도록 가르치는지도 모른다. 페르마타 하티 아이들과 함께 했던 그림책 창작 수업을 통해 나는 자신이 만난 산을 피하지 않는 아이를 만났다. 자신의 산을 딛고 일어설 용기와 그 용기만큼의 힘을 가진 아이.

'그래. 타미 너는 강한 아이야. 그리고 나, 그리고 우리는, 강한 사람들 이야. 나도 지금 내 앞에 주어진 산을 너처럼 용감하게 딛고 설게. 멈 추지 않고 계속해서 오를게.' 나는 한동안 멈춰 서서 타미에게 그리고 나 자신에게 이렇게 마음속으로 말하면서 목까지 차오르는 감정을 힘 껏 삼켰다.

*

그렇게 이틀 동안 페르마타 하티의 아이들과 함께 총 서른두 권의 그 림책을 완성했다. 페르마타 하티의 아이들 스물아홉 명, 한국에서 온 어린이 친구 세 명이 그림책의 주인공들이다. 나는 페르마타 하티를 떠나며 그곳의 아이들에게 우리가 함께 한 수업의 결과물을 한국으 로 가져가 한 권의 책으로 만들어서, 다시 페르마타 하티로 보내주겠 노라 약속했다. 아이들은 들뜬 얼굴로 화답해주며 기다리겠다고 대답 했다.

교실 정리를 모두 함께 착착 해놓고서 내려오니 아유가 나를 너른 품으로 꼭 안아준 뒤 선물을 건네주었다. 발리의 멋진 사롱(인도네시아 전통 의상)과 세 가지 색의 실로 엮은 팔찌였다. 생각지도 못했던 선물이 나는 너무 고마워서 정말 마음에 든다고 말하고 사롱을 곧장 목에 둘렀다. 아유와 한참 동안 작별 인사를 나누고 부엌으로 발걸음을 옮기니 아이들은 바나나 튀김과 라면땅 같이 생긴 튀김, 그리고 시원한 음료까지 건네주었다. 아이들이 직접 만들었다는 음식들을 한가득 입에 넣고 마지막으로 못 다한 이야기를 나눴다.

아이들 한 명 한 명을 꼭 껴안으며 나눈 나의 작별 인사는, "우리 그림책으로 또다시 만나자"라는 말이었다. 인상적이었던 것은 아유와 아이들 모두 기쁘고 행복하게 작별하는 것에 익숙한 것 같았다. 교사로서 해마다 많은 아이들과 작별을 하고 또다시 새로운 아이들을 만나는 것에 나 또한 익숙하다고 생각했는데, 무슨 일인지 이 짧은 만남과 헤어짐이 못내 너무나 섭섭하게 느껴졌다. 그래서 나는 뒤돌아 인사하고, 또 인사하며 그렇게 천천히 페르마타 하티에서 나와야 했다.

©이현아

작은 손길이 만들어낸 기적

선생님이 발리를 다녀가신 지 약 6개월 후, 내가 2차 발런트래블링 접수를 받고 있을 때 선생님께서 메일을 보내오셨다. 1차 발런트래블링 때 페르마타 하티에 오셔서 직접 진행하셨던 수업에서 아이들이 완성한 글과 그림으로 책을 제작하려고 하니, 2차 발런트래블링 때 그 책을 아이들에게 가져다주었으면 좋겠다는 것이었다. 문제는 비용이었다. 서른 명의 페르마타 하티 아이들이 저자로 참여한 이 특별한 그림책을 각각의 저자에게 한 권씩이라도 선사하기 위해서는 제작 비용을 마련해야만 했다.

비용 다음으로 문제가 된 것은 책을 만드는 일 자체였다. 마침 나의 첫 책『그라시아스, 행복한 사람들』의 편집을 맡으셨던 에디터 아름님께서 이 과정에 큰 힘을 보태주시기로 자원하셨다. 아름님은 현아님께 평소 그림책 만드는 일에 관해서도 조언을 해주시던 사이였기에, 이번 일의 필요성에 대해서도 충분히 공감하고 계셨다. 이제 나에게 남은 일은 비용을 마련하는 일이었다. 나는 새벽까지 잠을 설쳐가며 최대한 많은 분들이 제작비 모금에 참여하실 수 있도록 정성껏 글을 썼다. 그렇게 크라우드 펀딩이 시작됐다.

〈아이들에게 자신들의 책을 주고 싶습니다〉

여러분은 언제 마지막 꿈을 꾸셨나요? 자면서 꾸는 꿈 말고 아름다운 꿈, 언젠가의 나를 로맨틱하게 상상하는 꿈 말입니다. 배움을 멈추지 않는 것처럼, 우리는 꿈꾸기를 멈추지 않습니다. 새로운 정보와 관점을 지속적으로 받아들이며 우리의 꿈은 영향을 받습니다. 또 우리가 평생에 걸쳐 통과한 감정들이 우리의 꿈에 드러나기도 합니다. 그래서 지난 시절의 꿈을 돌아보며, 우리는 과거에 우리가 지녔던 이상이 어떤 모습을 하고 있었는지 확인하고 놀라거나 당황합니다.

꿈을 통해, 우리는 우리가 누구인지 알 수 있습니다.

이현아 선생님의 프로젝트를 통해 페르마타 하티의 아이들은 종이 위에 자신의 꿈을 펼쳐놓을 수 있었습니다. 서울의 한 초등학교 선생님이신 이현아 선생님은 아이들이 자신의 꿈을 스스로 말하고 표현할 수 있기를 바라오셨습니다. 이 바람을 달성하기 위해 선생님은 아이들에게 그림책을 창작하는 멋진 방법을 가르쳐주고 계셨습니다. 선생님께서는 제 책『그라시아스, 행복한 사람들』로부터 영감을 받으셨다고 하셨는데, 제가 열 살 때 책을 쓸 수 있었던 것을 본

보기 삼아 선생님의 학생들에게도 직접 저자가 되는 기회를 줄 수 있겠다고 생각하신 것입니다.

지난겨울, 1차 발런트래블링 때 선생님은 페르마타 하티 가족을 만나러 오셨습니다. 당시에 선생님은 아이들의 꿈에 관한 작은 이야기 모음집을 만드셨습니다. 각각의 이야기 속에서 아이들은 자신이 누구인지에 대한 이야기를 그렸습니다. 지금 우리는 이 이야기들을 한데 묶어 하나의 책으로 출간하고자 계획 중입니다. 제목은 『Who We Are』입니다. (제가 제안한 제목입니다. ^^)

여기서 한가지 놀라운 사실은 선생님이 수년간, 한국에서든 발리에서든, 프로젝트에 필요한 비용을 자비로 감당하셨다는 것입니다. 굉장히 존경할 만한 일이지만 여기에는 제약이 따를 수밖에 없었습니다. 인쇄비용이 비싸기 때문에 하나의 그림책을 3~4권밖에 출판하지 못한다는 것이었죠. 그러나 페르마타 하티의 책에는 서른 명의 공동 저자가 있습니다. 저와 선생님의 바람은, 각각의 저자가 자신의 책을 한 권씩 지님으로써, 자신의 꿈을 정의하는 이 모음집에 기여했다는 사실을 기억하는 것입니다.

한 아이를 상상해보세요. 자신의 책을 만났습니다. 집으로 걸어 돌아갑니다. 그 책은 소지품이 거의 없는 아이의 방에서 단연 눈에 띕니다. 아이가 페이지를 넘기는 동안 가족들이 모여듭니다. 아이가 자신의 페이지에 이를 때 모두 환호합니다. 바로 이 순간을 위해서, 또 선생님의 경제적인 부담을 덜어드리기 위해서, 여러분들의 응원이 필요합니다.

이 포스팅의 진짜 목적을 말씀 드리겠습니다. 엽서 세트를 판매하겠습니다. 각 세트는 다섯 장으로 구성되어 있습니다. 바로 우리가 출간하고자 꿈꾸는 책『Who We Are』에서 추린 아이들 그림 다섯 점이죠. 엽서 한 세트를 만드는 데 드는 제작 원가는 1,230원입니다. 좋은 목적을 지닌 제품이므로, 저는 여러분께서 원가보다 조금은 더 높은 가격에 사주실 수 있지 않을까 생각해봅니다. 원가 1,230원에 조금만 더 보태서 구매해주신다면 좋겠습니다. 콜라 한 잔 값을 더 낸다 생각하시면 이 책이 페르마타 하티의 모든 아이들에게 전달될 수 있습니다. 저의 목표액은 아이들이 책을 한 권씩 가질 수 있는 인쇄비용에 해당하는 '50만 원'입니다. 여러분이 페르마타 하티의 아이들을 후원해주신다면 정말로 정말로 감사하겠습니다.

그리고 다시 한 번, 사람들은 선의로 똘똘 뭉쳐 기적을 만들어냈다. 불과 44시간 만에.

〈'아이들에게 자신들의 책을 주고 싶습니다' 그로부터 44시간 뒤〉

안녕하세요, 어제 저는 '아이들에게 '자신들의' 책을 주고 싶습니다'라는 제목으로 글을 올렸습니다. 글을 올린 지 44시간이 지난 지금, 기부금 모집이 마무리되었습니다. 애초의 목표액 50만 원을 훨씬 뛰어넘는 81만 원이 모였기 때문입니다.
아이들에게 그들의 책을 주고자 했던 바람을 현실화 시켜주신 여러분께 큰 감사의 인사를 올립니다. 아이들이 책을 손에 쥐면서 저에게 지어줄 표정을 생각하면 한없이 기대되고 떨립니다. 그 표정을 카메라로 잘 담아 전달해드리겠습니다.

페르마타 하티에 가보지도, 그곳 아이들과 한 번도 만나보지 못하신 분들까지도 기꺼이 동참해주셨다는 것을 잘 알고 있습니다. 이번에 아이들을 향해 보여주신 관심, 그리고 따뜻한 마음을 통해서 여러분도 페르마타 하티 가족의 일부가 되셨습니다. 여러분이 남겨주신 응원 메시지 중에서는 아래와 같은 것들이 있었습니다.

"너무 고마워요, 꿈을 나누어 주어서"
"언젠가 만나러 갈 겁니다!"
"아름다운 꿈, 더 많이 꾸길"

성원 하나하나가 모여 30권의 책으로 탄생될 것이고, 서른 명의 아이들의 손에 쥐어져 서른 개의 가정으로 전달될 것입니다. '30'은 여러분 덕분에 새롭게 시작하는 숫자가 되었습니다. 더 큰 숫자로 확장될 그날을 꿈꿔봅니다.

여러분께서 허락하신다면 남은 금액으로 책을 가능한 만큼 더 인쇄해 페르마타 하티의 후원자와 방문객에게 판매하도록 하겠습니다. 그리고 그 수익은 페르마타 하티의 교육비로 쓰이게 하겠습니다. 기대 이상의 관심과 도움을 주신 여러분께, 책을 만드는 과정에 재능을 기부해주신 모든 분들께, 다시 한 번 크게 감사드립니다.

©원정래

세상은 선한 곳이다.
필요한 때에 반드시 좋은 분들이 나타나주시고,
그 숫자는 매번 예상을 초과한다.

아이들 모두
자신의 그림책을 갖게 되다

엄마와 나는 책이 인쇄되기 전에 발리로 출발했기에, 나중에 출발하신 가영님이 대신 책을 들고 오셨다. 가영님이 책을 펼쳐놓았을 때, 아이들은 믿을 수 없다는 표정을 지었다. 자신의 글과 그림이 책이 되어 나오다니! 진짜 책으로! 책을 받은 망밍은 혀를 빼물고 환희의 표정을 지었고, 아르주나는 차분히 한 페이지씩 넘겨보았다. 미라는, 언제나 고아원 활동에 빠짐이 없는 모범생이건만, 우연히 그림책 만들기 수업에만 빠졌었기에 자기에겐 책이 없다는 사실에 뾰로통해졌다. 엄마가 미라에게 대신 엽서 세트를 주자, 그제야 표정이 밝아졌다. 모두 모여 축하하는 순간을 가졌다. 아이들에게 "수많은 분들이 책이 나오도록 도와주셨다"고 하자 모두 "여러분, 감사합니다!"라고 외쳤다. 그 동영상을 블로그에 공유하면서, 나는 이렇게 글을 보탰다.

여러분의 참여 덕분에 가능했던 순간입니다. "집으로 가져가서 가족들과 자랑스러운 순간을 함께 하라"고 제가 말하자 아이들은 모두 커다랗게 미소 지었습니다. 평소 고아원에 기부되는 물건들은 집으로 가져갈 수 없었기 때문이지요. 이렇게 해서 마침내 아이들이 '자신들의' 책을 갖게 되었습니다.

전달하고 남은 열세 권의 책 중에서 두 권은 페르마타 하티에서 소장하고 나머지는 방문객에게 판매할 예정입니다. 책을 공개하자마자 20달러에 벌써 한 권이 팔렸다고 하네요. 엽서도 25달러어치가 판매되었습니다. 가져온 엽서가 총 2천 장이 넘기 때문에 장당 1달러씩 총 2천 달러의 수익을 기대하고 있습니다.

책과 엽서 수익은 참푸한 칼리지 소속 영어 학교에서 고학년 아이들이 영어 수업을 받는 비용으로 사용될 계획입니다. 영어 학교 측의 배려로 열 명이 두 반으로 나뉘어 수업받게 될 경우, 1년에 한국 돈으로 백만 원 정도가 든다고 합니다.

여러분께서 또 다른 가능성을 열어주셨습니다. 다시 한 번 큰 감사를 드립니다.

얘들아
우리 더 멀리 날자!

　　2차 발런트래블링까지 끝내고 나자, 훨씬 더 많은 것들이 자리를 잡았다. 블로그에 활동을 충실히 공개한 덕분에, 처음 검색해 들어오시는 분들도 발런트래블링이 어떤 프로그램인지 금방 윤곽을 잡으실 수 있었고, 이전 참가자의 소개로 새로운 참가자가 연락해오시기도 했다. 내가 한국에 있어도 참가자가 발리를 여행 중이시면 이 프로그램에 참여가 가능하다는 사실도 점점 자연스럽게 받아들여졌다. 덕분에 3차 발런트래블링은 내가 2차를 끝내고 한국으로 돌아오자마자 곧장 발리에서부터 시작되었다.

　　먼저, 꿈땅초등학교(이하 꿈땅학교)의 아이들 일곱 명이 원정래 선생님과 함께 페르마타 하티를 방문했다. 꿈땅학교에서는 2백만 루피아(약 16만 원)를 기부했는데, 이 돈으로 페르마타 하티 측에서 발리 전통음식을 준비하여 함께 나눠 먹었다. 페르마타 하티 아이들은 대나무 전통악기 앙클룽 연주로 꿈땅학교 어린이들을 환영했고, 전통 춤도 선보였다. 꿈땅학교 아이들은 장기를 준비해서 페르마타 하티 아이들에게 가르쳐주었다. 나는 사전에 원 선생님과, 다시 아유와 여러 번 소통하여 만남이 잘 성사되도록 했고, 방문이 끝난 후에는 원 선생님과 아유 모두에게서 사진을 받아보았는데, 특히 두 사진이 감동적이었다.

한 사진은 미라가 앙클룽 연주단을 지휘하고 있는 사진이었다. 미라는 얼굴도 예쁘지만 목소리도 예뻐서, 나는 2015년 크리스마스 공연 준비 때 미라가 솔로로 노래를 부르는 파트를 넣고 싶었다. 그런데 당시 아홉 살이었던 미라는 그 요청을 받자마자 갑자기 말을 하지 못하더니, 그 큰 눈에 눈물을 잔뜩 담고 결국 뚝뚝 떨어뜨리는 것이었다. 아이들은 엄청 웃기 시작했고 나는 크게 당황하여 아유에게 도움을 청했다. 그러나 전혀 도움이 안 됐던 것이, 아유 역시 감성적인 사람이어서 미라가 울음을 그치지 않자 결국 곁에서 같이 울기 시작했던 것이다. 덕분에 나는 정말 이 세상에서 가장 나쁜 놈이 되어버렸다! 우리는 그 에피소드를 두고두고 웃으며 이야기하곤 했다. 그랬던 미라가 이후 수많은 무대에 서보고, 음악적 감각도 성숙하여, 마침내 앙클룽 연주단 앞에서 당당히 지휘하는 모습을 보니 감동적이었다.

또 다른 사진은 누라와 꿈땅학교의 한 어린이가 나란히 장기를 두는 사진이었다. 덩치만 보면 누라가 마치 삼촌쯤 되어 보였는데, 녀석 특유의 평화로운 미소가 새로 게임을 전수해준 아이의, 게임을 전수해준 사람으로서 반드시 이기지 않으면 안 되겠다는 승부욕 어린 얼굴과 대조적이어서 굉장히 재미있었다.

©원정래

©원정래

이 두 사진은 페르마타 하티를 잘 설명해준다. 그 안에 들어서면 누구든 성장한다. 그리고 우정을 쌓는다. 인종이나 국적, 신분 같은 것은 잊게 된다. 나는 그래서 페르마타 하티를 누구에게든 자랑스럽게, 자신감을 가지고 '좋은 곳'으로 소개할 수 있다. 매번 이 역할을 해낼 수 있어 얼마나 행운인지.

아유로부터 『Who We Are』 책과 엽서가 방문객들에게 꾸준히 팔려서 스물두 명의 아이들이 LOVE반과 PEACE반으로 나뉘어 참푸한 영어 학교에서 수업을 듣기 시작했다는 소식도 전달받았다. 당연한 이야기이지만, 고아원을 방문한 사람들이 모두 다 경제적 여유가 있는 것은 아니다. 마음이 따뜻한, 그저 빠듯한 예산의 여행자일 수도 있다. 그럴 때 엽서는 참 좋은 판매 상품이 되는 것 같다. 한 장에 1달러밖에 되지 않으니까. 그렇게 한국의 수많은 분들의 도움으로 만들어진 책과 엽서가, 다시 고아원에서 세계 각지에서 온 방문객들의 성의를 만나 '티끌 모아 태산'이 되어 아이들의 영어 교육에 도움이 되고 있는 것이다.

물론, 티끌 아닌 그냥 태산도 있었다. 꿈땅학교의 원정래 선생님께서는 4백만 루피아(약 32만 원)나 아이들 교육비로 기부해주셨다. LOVE반과 PEACE반 아이들이 4개월간 영어 수업을 지속할 수 있는 거금이었다.

또 다른 태산도 있었다. 혜수님과 현수님 부부가 발리로 신혼여행을 계획하시면서 축의금 중 50만 원이나 기부해주신 것이다. 이로써 아이들은 다시 6개월 더 영어 공부를 연장할 수 있게 되었다. 두 분은 허니문 중 하루를 페르마타 하티에서 공예품 만들기 수업을 진행하시며 보낼 예정이다. 허니문과 발런트래블링이 만나리라고는 전혀 예상하지 못했다. 정말 멋진 일이라고 생각한다. 허니문 중에 나눔을 실천한다는 것! 사실 허니문은 내가 나중에 페르마타 하티 아이들과 보낼 계획이었는데, 선수를 뺏겼다. 그럼에도 행복하다. 양보할 수 있다.

지금 아이들은 두 번째 탤런트 쇼를 연습 중이다. 첫 번째 탤런트 쇼 때 내가 적극적으로 기획하고 지휘했던 것과 달리, 이제 아이들은 나 없이도 준비가 가능하다. 나 없이도 착착 준비가 잘 되어가니 섭섭하냐고? 전혀! 나는 아이들이 나를 능가하는 모습을 언제나 친구로서 응원한다. 아이들이 독자적으로 공연을 이끌어갈 수 있게 된 덕분에 나도 발런트래블링 운영에 더 집중할 수 있게 되었다. 나는 아이들이 발런트래블링이라는 디딤돌을 확실히 디디고, 더 높은 곳으로, 더 넓은 곳으로 다다를 수 있기를 바란다.

에필로그

우리는 개인으로서 사고하고, 개인으로서 살아간다. 그래서 본질적으로는 개인으로서 존재한다. 때때로 나를 사로잡는 생각은 내가 단지 이 거대한 세계의 작은 일부라는 사실이다. 그리고 이 세상의 다른 모든 개인들이 서로 다른 생각을 지닌 채 살아간다는 것이다. 감사하게도 우리는 표현이라는 것을 할 수 있어서, 그 모든 다른 사람들의 다른 생각들을 보여줄 수 있다. 나는 지금 내 친구가 된 페르마타 하티의 아이들이 맨 처음 창백한 아시아인이 고아원으로 바이올린을 들고 와서 음악을 가르치던 날에 대해 어떤 생각들을 지니고 있는지 궁금하다. 나 역시 초등학교 6학년짜리가 미래에 발리에서 밴드 대회에 나가 1등을 할 아이들에게 도레미를 가르치는 장면을 되돌려 보노라면, 당시 아이들의 의심스러우면서도 호기심 어린 표정이 보이는 듯하다.

지난 몇 년간, 그런 호기심 어린 표정은 바뀌지 않았다. 지금까지도 페르마타 하티의 아이들은 있는 힘을 다해 열린 마음으로 배우고 무엇이든 빨아들인다. 의심스러웠던 표정은 점차 받아들이는 표정으로, 즐거워하는 표정으로, 강렬히 원하는 표정으로 진화했다. 나는 나 역시 그래왔다는 것을 깨닫는다. 보호막을 치고 비밀스럽던 것에서, 좀 더 열린, 나다운 방향으로.

지난 5년은 내가 아이들이 성장하도록 가르치고 도움을 주었던 기간이 아니었다. 나는 어떤 식으로든 내가 이 아이들보다 낫다는 잘못된 생각으로부터, 도움을 주니까 더 우월하다는 생각으로부터 벗어날 수 있었다. 사실이 그렇지 않기 때문이다. 우리는 함께 성장했다. 우리는 서로를 도와준 것이었다. 그리고 서로를 응원하면서, 그 어떤 것에도 두려움 없이 도전할 수 있는 지점까지 함께 올라왔다.

세상에서 가장 넓고, 가장 큰 장소는 아마도 '가능성'이라는 영역일 것이다. 세상엔 극도로 사소한 행동이 가져오는 무한히 다양한 결과물들이 있을 수 있다. 일부 유권자들이 마음을 바꿨다면 힐러리 클린턴이 트럼프를 제치고 대통령이 될 수도 있었다. 히틀러의 부모가 이혼을 했다면 히틀러는 태어나지 않았을 수도 있었다. 우리 할머니가 할아버지의 프로포즈에 "싫어요"라고 할 수도 있었다.

나 역시 '페르마타 하티'라는 표지판을 그냥 지나쳤다면 지금 내가 아는 아이들 중 아무도 못 만났을지 모른다. 그날 내가 문을 열고 들어서지 않았더라도, 페르마타 하티의 오늘은 괜찮았을 것이다. 아이들의 인생은 정상적으로 흘렀을 것이고, 우리의 길도 서로 겹치지 않았을 것이다. 그래도 아무 문제없을 것이다. 언제나

'정상'보다 나은 무언가가 있다는 한 가지 사실만 뺀다면. 그러나 내가 그날 페르마타 하티에 들어갔기 때문에, 일련의 긍정적인 일들이 일어날 수 있었다. 그리고 가장 중요한 것은, 내가 특권이라고 생각할 만큼 멋진 사람들을 만나서 함께 작업할 수 있었다는 점이다.

*

얼마 전 발리의 한 카페에서, 나는 한 백인 남자와 발리 남자가 테이블에 마주 앉아 있는, 그다지 흔하지 않은 장면과 마주쳤다. 둘 다 인생의 절반쯤을 지나고 있는 사람들이었는데, 행동하는 건 인생의 4분의 1 정도만 지난 사람들 같았다. 시끌벅적한 웃음에 흠뻑 빠져 있는 그들의 신나는 태도는 나에게 아궁이 쩌렁쩌렁하게 웃을 때의 모습을 연상시켰다. 나는 아궁과 내가 수십 년 뒤에 카페 테이블에 마주 앉아 있는 것을 그려보았다.

발리에서 아궁과 나는 함께 생활하지만, 내가 한국의 아파트로 돌아가면 우리는 두 개의 삶이 과연 얼마나 다를 수 있는가를 보여주기라도 하듯 다르게 생활한다. 우리는 아침에 일어나, 학교에 갈 준비를 한다. 나는 학교까지 자전거를 탈 것이고 아궁은 오토바이를 탈 것이다. 아궁의 학교는 12시에 끝날 것이고, 나는 3시 반에 끝날 것이다. 공부하는 과목이 다른 것은 말할 것도 없고, 학교와 선생님의 수준이 다른 것은 말할 것도 없을 것이다. 학교에서 우리는 친구들과 우리 꿈에 대해 말할 것이다. 내 친구들은 은행에 취직하거나 변호사가 되는 것에 대해 말할 것이다. 나는 국제기구에서 어린이 교육 정책을 만드는 일을 하는 것이 꿈이다. 아궁의 친구들은 호텔 매니저나 요리사가 되는 것에 대해 말할 것이다. 아궁의 꿈은 멋진 크루즈의 셰프가 되는 것이다. 아궁은 하루에 많아야 한 시간 분량의 숙제를 할 것이다. 난, 적어도 서너 시간은 해야 한다. 시간이 흐른 뒤, 아궁은 다섯 명의 자녀를 둘 것이다. 난 둘 이상은 두지 않을 것이다.

하지만 우리가 재회할 때, 꼭 카페에서 만난 그 두 중년 남성들처럼 웃으면서, 우리는 서로 굉장히 비슷한 모습을 보일 것이다. 바로 그 '비슷함'은, 모든 장벽을 이겨내고, 모든 차이점을 견뎌내는, 보기 드문 비슷함이다. 그래서, 소중히 지켜내야만 한다.

그것이 다가 아니다. 발런트래블링을 하는 동안 나는 살면서 처음으로, 이전에 알았던 대부분의 사람들과는 다른, 개인적인 이득을 잠시 내려놓고 다른 사람의 이득을 위해 일하는 여러 분들을 만났다. 아이러니하게도, 내가 이전에 알았던 그 어떤 분들보다도, 이분들이 가장 만족스러워하며 고아원을 떠나셨다. 온라인상에서나 직접 오셔서 도움을 주신 모든 분들께 어떻게 하면 충분히 감사를 전할 수 있을까. 나는 여전히 더 노력할 수밖에 없다. 이분들에게도, 나는 내가 내내 알고 지냈던 사람들에게서 발견하지 못했던 그 '비슷함'을 느끼게 된다. 이분들은 여기까지 이를 수 있도록 자신의 귀한 시간, 돈, 의지를 내어주셨다. 이런 것들이 선한 목적과 어우러질 때에야, 앞에서 내가 말한 '비슷함'은 비로소 존재하게 되는 것 같다.

*

발런트래블링에 참여해주신 모든 분들께 감사를 드린다. 여러분들이 페르마타 하티에서 쏟아주신 노력과 성과에 대해 진심으로!

페르마타 하티 아이들의 넘치는 사랑에도 고마움을 전하고 싶다.

미라, 너는 페르마타 하티의 천사야. 네 미소는 어둠 속에서 환하게 빛나는 신호등이란다.

아궁, 네 편안한 성격과 커다란 웃음소리는 언제나 도움이 되었어. 네가 모를 때조차.

데와, 언제나 내 곁에 있어줘서, 내게 네가 없으면 못 살 정도의 친구가 되어줘서 고마워.

누라, 네 음악적 재능은 내가 지금껏 본 중 최고야. 추억을 만들어줘서 고마워.

아구스, 너는 세상의 모든 행복을 떠올리게 해. 하지만 너는 꼬마 괴물이야.

망밍, 너는 그냥 진짜 꼬마 괴물이야. 하지만 우린 모두 망밍이 필요해.

신시아, 좋은 친구가 되어줘서 고마워. 네 동생 아구스를 조금만 더 자제시켜줘.

타미, 넌 언제나 웃지. 네가 언제나 웃을 거라는 걸 알지만, 그래도 네가 계속 웃을 수 있기를 바라.

데와 아유, 내 곁에서 맨날 나를 '작은 애'라고 놀리는 꼬맹이, 곁에 있어주어 고마워.

삭망, 다른 사람들을 늘 잘 챙겨주어 고마워. 특히, 나를.

놉파, 아디, 부디, 그 많은 ABCD 게임을 함께 해줘서 고마워.

그리고 아유에게 특별한 감사의 인사를 전합니다. 수년간 우리가 이뤘던 그 어떤 것도 당신이 없었으면 불가능했을 겁니다. 그뿐 아니라, 오늘날 제가 소중하게 생각하는 것들—페르마타 하티 친구들과 제가 제2의 집으로 생각하는 페르마타 하티라는 공간—은 없었을 겁니다. 당신이 아이들의 더 나은 삶을 위해 매일 쏟는 에너지의 아주 작은 부분에까지, 나는 커다란 박수를 보냅니다. 당신과 함께 일할 수 있어서 언제나 영광입니다.

*

그리고 마지막으로, 가장 소중한 분들인, 우리 부모님께 감사를 전한다. 부모님은 이 세상 그 누구보다 나를 응원해주셨다. 내가 가장 사랑하는 분들이다. 모든 장애물에도 불구하고, 부모님은 대부분의 사람들이 의심하는 길을 나를 위해 선택해주셨다. 학창 시절 광기 어린 경쟁을 직접 경험하셨기에, 오늘날도 그대로인 경쟁에서, 나를 다른 방식으로 교육시키고자 하셨다. 대부분의 아이들이 학원에서 시간을 보낼 때, 부모님이 나뿐만 아니라 세상의 여러 사람들에게 나눔이라는 관대한 선물을 주신 것에 대해 감사드린다. 나는 이 책이 부잣집에서 태어난 운 좋은 아이의 이야기로 읽히길 바라지 않는다. 단지 사실이 아니기 때문이다. 부모님은 노력하셨다. 그리고 매번 선택하셨다. 한정된 재원으로, 더 나은 대안을 찾기 위해서. 나는 부모님께서 내 일생을 통해 내게 건네주신 경험들 없이 살아가는 것을 상상조차 할 수 없다. 그것들이 한 명의 인간으로서의 나 자신을 성장하게 만들었다. 어머니는 이 말씀을 여전히 무한반복 하신다. "네가 무엇을 지녔든, 나누지 않으면 아무 의미가 없다." 나는 이 말씀이 내 몸의 일부가 된 것에 축복을 느낀다.

"우리 집에 놀러오세요!"

맨 뒷줄 왼쪽부터
크툿(Ketut Udayana), 데와(Dewa Rizki), 데유니(Dek Uni), 부디(Budi), 딜라(Dila), 밀라(Mila), 데와(Dewa), 중빈, 아스투티(Asututi), 푸스파(Puspa), 아스티티(Astiti), 세카(Sekar), 알라(Arla), 가영님

중간줄 왼쪽부터
신시아(Cintya), 아유니(Ayuni), 에르미(Ermi), 타미(Tami), 미라(Mira), 아리스(Aris), 데와 아유(Dewa Ayu), 스리(Dek Sri), 망밍(Mangming), 데일로(Dek Ilo), 딜라(Dila), 삭망(Sakman), 아유(Ayu)

맨 앞줄 왼쪽부터
아디(Adi), 윤준, 지오, 아구스(Agus Wira), 코밍(Koming)

열일곱, 내가 할 수 있는 것은

© 오중빈 2017

1판 1쇄   2023년 3월 31일

지은이   오중빈
펴낸이   오소희
책임편집   한아름
디자인   이혜령

펴낸곳   언니공동체
출판등록   2020년 7월 8일 제 2020-000083
주소   서울시 종로구 창의문로9길 7-4
전자우편   junghu.oh@gmail.com
전화   070 7789 0975

ISBN 979-11-980794-1-1   43800

이 도서의 국립중앙도서관 출판예정도서목록(CIP)은 서지정보유통지원시스템 홈페이지
(http://seoji.nl.go.kr)와 국가자료공동목록시스템(http://www.nl.go.kr/kolisnet)에서
이용하실 수 있습니다.(CIP제어번호: CIP2017033789)

* 이 책의 인세 전액은 발리 어린이들의 교육 활동을 위해 사용됩니다.